DU MÊME AUTEUR

Aux Éditions Gallimard

LA THÉORIE DE L'INFORMATION, *roman*, 2012 (Folio n° 5702)

L'AMÉNAGEMENT DU TERRITOIRE, *roman*, 2014 (Folio n° 6049) Prix de Flore 2014

LE GRAND PARIS, *roman*, 2017 (Folio n° 6519)

EURODANCE, *théâtre*, 2018

LA FRANCE, *chroniques*, 2019

LE CONTINENT DE LA DOUCEUR, 2019 (Folio n° 6904)

Aux Éditions Léo Scheer

HOUELLEBECQ ÉCRIVAIN ROMANTIQUE, 2010

TÉLÉRÉALITÉ

AURÉLIEN BELLANGER

TÉLÉRÉALITÉ

roman

nrf

GALLIMARD

Avertissement de l'auteur

La littérature a vu naître et mourir presque tous les arts. Sans cesse, elle s'est vue dépassée, oubliée et défaite, toujours elle est réapparue pour reprendre son interminable récit. On voudrait qu'elle ait des adversaires, que les nouveautés du temps empêchent les hommes de lire des livres et lui contestent sa souveraineté. Il faudrait qu'elle se venge. Ce n'est pas l'objet de ce livre, qui regarde, fasciné, ce qu'a pu être, à son apogée, la télévision. Certaines choses sont vraies, des titres d'émissions ou des noms d'animateurs seront reconnaissables. Les autres sont inventées, comme le parcours du personnage principal. On pourra s'amuser à retrouver tel ou tel, mais l'exactitude biographique n'est pas l'effet recherché, pas plus que ces portraits psychologiques purement imaginaires ne prétendent apporter au lecteur des éclaircissements sur les zones d'ombre de personnalités connues. Le roman à clé est un exercice un peu vain. Ces scènes ont-elles bien eu lieu ? Jamais ailleurs que dans l'imagination du romancier. Comme dans le rêve, l'auteur est parti de quelques faits publics pour dériver vers des territoires inconnus.

Qui voudrait aujourd'hui être immense sans être vu ?

CHATEAUBRIAND,
Vie de Rancé

Sur des fragments de faïence des danseurs, nymphes, divinités et faunes achèvent, immobiles, leur procession silencieuse : un jeune homme observe un flacon de verre, une jeune fille tend l'oreille, un adonis révèle un secret à des convives attablés, une créature courroucée brise un cratère, un apollon s'ébat dans une citerne, une Moire assise songe à son destin, un éphèbe cueille une sorte de fruit, une déesse s'accroupit, un satyre effectue un pas de danse, un démon apparaît, une vestale est chassée de son temple, une vénus jaillit d'une vasque en plastique.

Un grand bateau gît, penché, à quelques mètres, avec à ses côtés la grosse araignée de mer d'un hélicoptère rouge aux vitres brisées. Des poissons aux yeux désespérés passent de l'un à l'autre et s'aventurent jusque dans les cabines du navire, que les algues atteignent difficilement – une rascasse croise une murène dans une coursive engloutie, tandis qu'un saint-pierre épineux pénètre dans ce qui fut la bibliothèque du navire.

Des livres, légers comme des méduses et aux pages

devenues transparentes, flottent dans l'eau salée – on dirait presque qu'ils sont vivants.

Nagent ainsi, en essaim, *Confessions d'un babyboomer*, d'Ardisson, le tome deux des *Roucasseries*, un beau livre bleu sur Jean-Christophe Averty, *Ta mère la totale* d'Arthur, *Les secrets du millionnaire* de Philippe Risoli, *Elle m'appelait Miette* de Loana, *Télé-réalités* de Bernard Montiel et un livre collectif d'hommages à Patrick Lepape.

Le petit livre rouge *Sur la télévision* de Bourdieu nage en solitaire, comme *La société du spectacle* de Debord, *La galaxie Gutenberg* de McLuhan et un livre annoté de Teilhard de Chardin sur la noosphère. Une édition originale de la *Vie de Rancé* passe au-dessus d'un banc compact qui rassemble les chroniques sur la télévision de Mauriac, de Berl et de Daney, ainsi qu'un tome dépareillé du journal de Pascal Sevran : *Le privilège des jonquilles.* Un peu plus loin évoluent également *Ce que je crois* de Maurice Clavel, *La télé rend fou… mais je m'soigne* de Bruno Masure, *Mon tour de vérité* de Patrick Sabatier, *Mon best of* de Laurent Ruquier, *Mais qu'est-ce qu'on va faire de toi ?* de Michel Drucker – qui laisse apparaître, sur sa page de garde, une dédicace : « à Sébastien, le meilleur d'entre nous ».

Dans une cabine plus petite, enfin, s'enchevêtrent les pages de deux livres pour enfants : un *Super Picsou géant* à la couverture dorée et une vie de saint François en bande dessinée.

1

C'est un nom connu dans toute la vallée, et un peu au-delà jusqu'à l'enclave des papes. *Bitereau.* Un nom qui passe, en lettres bleues, sur les routes droites de la plaine, et qui remonte, en lacet, jusqu'aux hameaux les plus reculés, à n'importe quelle heure du jour et de la nuit, quand une urgence survient : le robinet d'un radiateur qui saute soudain, et qui manque de faire mourir de peur, un jour de neige où tous les cols sont fermés, l'ancienne institutrice qui vit seule sous la corniche d'Autanne, la cave inondée d'une maison neuve dans les faubourgs de Valréas, les toilettes bouchées d'un hôtel à Nyons, l'évacuation en plein hiver de l'école de Rémuzat, dont la chaudière vient de lâcher. La fourgonnette du plombier-chauffagiste a sillonné toutes les routes des Baronnies, et le nom de Bitereau, grâce à ses calendriers publicitaires, est sur tous les frigos de la haute vallée de l'Ouvèze. Le nom de Bitereau est parvenu jusqu'au collège de Buis-les-Baronnies : on a vu le véhicule utilitaire du plombier se garer devant l'établissement, et son fils l'apprendra bientôt à ses dépens : Sébastien bite-en-trop, c'était inévitable. Mais même si ses camarades avaient été plus délicats, la honte l'aurait de toute façon accompagné, pendant les vingt-trois kilomètres du trajet qui sépare sa maison de Montauban-sur-l'Ouvèze du collège Henri-Barbusse, une honte liée à ces panonceaux publicitaires à son nom que son père demandait depuis peu à ses clients d'installer, partout où il était intervenu, en échange d'une remise de 10 % – la mode en venait de Valence, et son père avait su adapter cet outil marketing aux confins les plus reculés du département de la Drôme ; les affaires de son père, vues du car scolaire, étaient fatalement florissantes. Sébastien sentait d'autant plus le ridicule de son nom, et de la profession de son père, que commençaient aussi à se multiplier les panonceaux d'un rival plus prestigieux, ceux du père de l'un de ses camarades, Sylvain Léchat, un installateur de piscines, dont les bassins en résine, surmontés de leurs auréoles en escaliers concentriques, se dressaient fièrement, sur la route de Carpentras. Léchat : il y aurait eu pourtant d'excellentes blagues à faire, se disait le jeune Sébastien Bitereau, amer. Mais comme Sylvain était son meilleur ami, il s'en abstenait. De même qu'il refusait d'associer Nathalie, la fille dont ils étaient tous les deux amoureux, à la prosaïque profession de son père, qui régnait sur les marchés émergents des portails automatiques et des volets roulants.

Les piscines à degrés arrondis et les portails automatiques commandés par visiophone : c'était la première idée que Sébastien se ferait du luxe. Aucun des habitants de Montauban-sur-l'Ouvèze n'était encore équipé de cette technologie. Et on était déjà trop haut pour que l'installation de piscines soit raisonnable : il neigeait, là-bas, tous les hivers, et la route finissait par se perdre dans les lacets verglacés d'un col qui culminait à plus de mille trois cents mètres – le Tour de France l'avait emprunté quatre fois, et sans la confirmation télévisée de cet événement, Sébastien aurait pu croire qu'il avait grandi dans une impasse. Avec son toit aplati et son balcon en fer forgé qui faisait le tour du premier étage, la maison familiale évoquait d'ailleurs un chalet, effet accentué par le lambrissage des plafonds des chambres et l'énorme cheminée en pierre du salon, traversée par les mystérieux conduits d'un dispositif expérimental de chauffage par le sol – une lubie du père, qui avait rêvé d'en équiper toute la vallée, voire le département, si le chauffage au bois n'avait pas connu un inexorable déclin depuis qu'on préférait faire remonter la chaleur de la centrale nucléaire du Tricastin, plutôt que de continuer à la faire descendre des dernières forêts de la corniche.

Les convecteurs électriques remplacent les radiateurs en fonte à toute vitesse, et le père de Sébastien, alors que celui-ci est maintenant scolarisé au lycée de Nyons, est de moins en moins chauffagiste, de plus en plus plombier. Un sèche-serviettes électrique, longtemps repoussé, a même fini par être installé dans la salle de bains, tandis que les conduites d'eau anormalement complexes du système paternel dessinent au plafond des coudes qui rendent l'adolescent un peu mélancolique.

Est-ce par là qu'il entend un jour, événement rarissime, son père et sa mère se disputer dans la cuisine au sujet d'une vaste arnaque ? Le père de Sébastien a dessiné les plans du système de chauffage d'un spectaculaire projet de vivarium, alimenté par les eaux de la centrale, et destiné à accueillir des crocodiles tropicaux – une sorte de terraformation du Rhône en Nil, de rétrocession de l'île du Tricastin aux fantômes touristiques de Philae. Il a hélas également investi toutes les économies du ménage dans le projet, dont il s'est vu, comme d'autres artisans et petits entrepreneurs de la Drôme provençale, l'un des heureux actionnaires, avant que son promoteur, un escroc néerlandais, ne disparaisse sans laisser de traces.

Ainsi Sébastien n'ira jamais en scooter au lycée : six kilomètres de vélo jusqu'à Saint-Auban, à l'entrée de la vallée, puis une heure de car, le matin comme le soir. Sébastien part trop tôt pour les émissions du matin, rentre trop tard pour les émissions du soir : il ne connaît ni *Arnold et Willy*, ni le *Club Dorothée*, ni *Punky Brewster*, ni *Les chevaliers du Zodiaque*. Tout juste parvient-il à rattraper tard dans la soirée *Les dossiers de l'écran*, *Droit de réponse* et *Lunettes noires pour nuits blanches*. La Cinq et M6 lui demeurent interdites : on ne capte, du fond de la vallée, que les trois premières chaînes. Et Sébastien maudit les montagnes qui forment, après le balcon de fer forgé de la maison, comme une seconde cage de Faraday autour du téléviseur Brandt familial, un objet un peu globuleux, habillé de faux bois, qu'il regarde à moins d'un mètre, le volume laissé au minimum ne couvrant pas tout à fait le bruit des prières de sa mère qui adore son dieu comme lui regarde la télévision, en cachette, pour ne pas avoir à endurer les moqueries de son mari.

Parfois Sébastien pense à la grande croix, tout là-haut sur la corniche montagneuse, et regrette qu'elle ne soit pas un puissant émetteur, comme celui qu'il avait découvert, en randonnant avec sa classe au-dessus de Dieulefit, tout au bout du chemin qui longeait la falaise : la dernière structure avant le vide.

Il connaît en attendant par cœur la grille des programmes du *Télé 7 jours*, dont le tabac-presse de Saint-Auban lui laisse récupérer les exemplaires périmés, qu'il lit dans le car.

Sébastien est aussi entré, un jour, dans la petite boutique du réparateur de télés, fasciné par sa pâle enseigne lumineuse Philips, en forme de blason, traversée par une sorte de Voie lactée sur laquelle brillaient quatre étoiles – une image que Sébastien avait longtemps associée à l'idée de la ville, à l'idée de nuit blanche. Cela sentait le tabac froid et l'étain chauffé. L'homme, assis à son établi, lui avait fait signe de s'approcher. Il avait une grande barbe et remplaçait, comme s'il avait une à une retiré les abeilles des rayons d'une ruche, les condensateurs sur la plaque perforée d'un téléviseur – Sébastien s'était demandé si elle devait son aspect caramélisé à la fumée de sa pipe, qui avait également coloré en jaune la partie de sa barbe située autour de sa bouche.

— Tu vois, lui avait-il expliqué, les électrons sortent de là. La grosse bobine, ici (il avait désigné un enchevêtrement incroyablement serré de fils de cuivre), les concentre en un mince filet. Un peu comme tu presserais une orange.

L'homme avait de grosses mains, et un fort accent provençal. Sébastien avait cependant été impressionné par la précision de ses gestes et de ses explications.

— Ici et là, à l'intérieur, des plaques parallèles dévient le flux d'électrons pour qu'il passe par tous les endroits de l'écran. Comme une pincée de sel qu'elles viendraient minutieusement saupoudrer sur toute la surface d'une assiette. L'assiette, c'est ça, l'extrémité aplatie du tube cathodique. C'est recouvert de phosphore, qui s'illumine quand les électrons invisibles viennent le frapper. Rien de sorcier là-dessous.

Et il avait désigné, avec un sourire, la collection de tubes cathodiques de toutes les formes alignée sur une étagère derrière lui comme les cornues ou les dames-jeannes d'un vieux laboratoire.

— Voilà, tu sais tout.

Sébastien est-il pour autant « un enfant de la télévision », comme l'avait étrangement formulé son professeur de français, provocateur, dans son dernier sujet de rédaction ? Les bons élèves étaient tombés dans le piège, ils avaient dit qu'ils détestaient la télé, et qu'ils préféraient lire un bon roman à la place : *L'herbe bleue*, *E = MC2, mon amour*, *Des cornichons au chocolat*. Sébastien, lui, y était allé au bluff, expliquant que ses premiers souvenirs du monde étaient télévisuels : l'air de flûte de *Bonne nuit les petits*, c'était le premier son qu'il avait entendu ; le costume orange de Casimir, c'était la première forme qu'il avait discernée, l'équivalent télévisuel des taches orangées que les fœtus font apparaître sur leurs rétines avec leurs poings ; le premier sentiment qu'il avait éprouvé, enfin, c'était la terreur, devant le téléphone à visage humain de *Téléchat*. Il avait eu 17, et cela avait été de loin la meilleure note de toute sa scolarité.

Malgré cet éphémère triomphe dans une matière

noble, Sébastien préparait déjà, pour l'année suivante, son virage vers la section gestion, vers ce bac G dont il avait entendu dire que c'était le plus facile et qu'il obtint en effet avec mention l'année même où Michel Sardou devait cruellement s'en prendre à celui-ci : « Un bac à bon marché / Dans un lycée poubelle / L'ouverture habituelle / Des horizons bouchés. »

La découverte du « Plan comptable général » et de son fascicule dépliant, compagnon essentiel des lycéens de la section gestion, serait pourtant un émerveillement. Le monde entier, chaotique comme un pierrier rocheux, rentrait soudain dans les plis malléables du petit instrument en papier : les montagnes (*compte 21141, carrières*) comme les usines (*compte 21311, ensembles immobiliers industriels*), les petits troupeaux de la vallée (*compte 2185, cheptel*) comme les grands barrages sur le Rhône (*compte 21384, barrages*)... Sébastien avait appris à lire le paysage et il révisait sans effort, dans le bus, les noms secrets des choses. Et même l'air qui les enveloppait, il pouvait presque le nommer, en respirant dans les montées les gaz d'échappement du moteur diesel durement éprouvé : *3221, combustibles* ; *35811, émanations immatérielles* – cette dernière catégorie, il l'avait inventée, en ramifiant un peu plus celle des déchets, car le système était perfectible, ce qui participait encore de sa perfection.

Sébastien avait instinctivement compris le sens de tout cela. La différence entre le capital, impérial, et les immobilisations, toujours un peu regrettables, le caractère secondaire, banalisé, des charges sociales, auquel les employés étaient en général obstinément attachés, sans réussir jamais à discerner le dessin général, la forme complète de l'entreprise telle qu'il la voyait lui, dépliée sous ses yeux, avec ses sources secrètes de liquidité, avec les enivrants aplombs de ses en-cours, les dangereuses pyramides de ses stocks. Il était tellement plus à l'aise, là-bas, dans ces rectangles colorés, dans le jeu de l'oie de la faillite évitée de justesse, des emprunts renégociés au dernier moment, de la formation brute de capital fixe, sculptée à même le temps, que dans son inutile vallée des pré-Alpes drômoises – comme si l'énorme chaîne de montage avait besoin du médiocre contreventement de la haute vallée de l'Ouvèze, comme si le mistral avait besoin d'aller inutilement se perdre aux branches des derniers oliviers sauvages qui poussaient encore là-bas, à plus de cent kilomètres de la mer. Le paysage qu'il contemplait là, et dans lequel il commençait à se projeter, était bien moins abstrait, moins mesquin que le cirque montagneux qui l'encerclait.

Quelles que soient les choses que les hommes pourraient inventer, le plan comptable général était là, à leur service : un livre aux pages toujours ouvertes, et dont ils étaient les héros. Tout possédait un sens et une nomenclature, tout s'harmonisait, à la fin, si on avait bien rangé les choses, dans un récit unique, joyeux, infalsifiable. Les outils mal rangés de son père dans l'atelier (*2155, outillage industriel*), les vieux bidets désinstallés, inutilement gardés (*3971, dépréciations des stocks de marchandises*), dans lesquels il entreposait en vrac des joints de toutes les tailles et des rouleaux de filasse (*3223, fournitures d'atelier et d'usine*) : tout cela composait un monde, un monde à ce point complet qu'il possédait même des catégories attribuées à l'énigme du mal (*416, clients douteux ou litigieux*), comme à l'impôt tentaculaire – dont il était du devoir du comptable, pressentait Sébastien, de protéger son futur client. Son père, en des temps plus fastes, avait d'ailleurs scellé un petit coffre dans le placard de son bureau. Mais même cela, son comptable était en droit de le savoir – *5314, caisse en devise concrète* –, quand le fisc devait se contenter des boîtes à archives, stockées dans le grenier du garage, largement moisies et remplies des factures que la loi exigeait qu'on conserve dix ans ou vingt ans.

Sébastien avait eu l'impression de profaner une sépulture, de disséquer un cadavre – le cadavre décomposé de la petite entreprise familiale – la première fois qu'il était monté là-bas, avec une lampe de poche.

À côté de la maîtrise du plan comptable général, et de celle des outils de la bureautique – essentiellement l'apprentissage de la frappe rapide grâce à la méthode tip-tap-top, et de quelques rudiments vieillissants de sténographie –, la filière gestion accordait une place primordiale aux *études de cas* : il s'agissait soit de faire fonctionner une entreprise imaginaire simplifiée, comme une pizzeria ou une boulangerie, soit d'aider une entreprise existante à surmonter une crise. Sébastien avait ainsi fait prospérer sa croissanterie imaginaire jusqu'à sa dixième succursale, sorti la régie Renault du piège dans lequel elle s'était enferrée en commercialisant la Dauphine en Amérique, échangé des canettes de Pepsi contre des sous-marins soviétiques déclassés.

Une partie du bac G, c'était l'un de ses charmes, reposant par ailleurs sur le contrôle continu plutôt que sur le seul examen final, il était demandé aux élèves de monter leur propre étude de cas sur un sujet libre. Sébastien s'était ainsi lancé dans l'étude de l'affaire de plomberie familiale, remontant jusqu'à l'année de sa naissance, en creusant de plus en plus profondément à travers les couches argileuses du papier carbone et les mues de serpents colorées des avis fiscaux. Il avait été effaré du nombre de factures non acquittées – on les reconnaissait à la répugnante absence du coup de tampon qui devait normalement laisser le mot « Payé » inscrit au milieu des lignes manuscrites qui détaillaient les travaux effectués, de la belle écriture de sa mère. Comment ses parents avaient-ils pu se montrer ainsi minutieux, son père pour reboucher au plâtre les tranchées qu'il avait faites dans les murs de ses clients, sa mère pour donner de ces travaux une transcription littéraire impeccable – « passage d'un conduit en cuivre de diamètre 6 derrière une plinthe : 200 francs » –, tout en se montrant aussi négligents envers l'aspect comptable de la chose ? Aucune facture impayée n'avait jamais entraîné, à sa connaissance, le déclenchement de la moindre procédure juridique. L'aventureux projet de son père, de réinventer son métier en se lançant dans les chauffages par le sol, avait heureusement été abandonné à temps : jamais ses parents n'auraient pu supporter ce changement d'échelle qui impliquait de passer du stade artisanal à celui de la petite entreprise. L'arnaque aux crocodiles, l'unique drame de son enfance, les avait au fond protégés d'une faillite plus cruelle.

Sébastien en conçut une certaine nostalgie : si seulement il avait découvert les secrets de la comptabilité quelques années plus tôt, il aurait pu les aider, mais il était maintenant trop tard, son père resterait le plombier de Montauban-sur-l'Ouvèze et sa mère continuerait à rédiger devis et factures à la main sur du lugubre papier carbone. Quant à lui, leur fils, il se mettrait aussi vite qu'il le pourrait au service d'un industriel plus ambitieux, dont il ferait la fortune, et qui le recommanderait dès lors à son entourage – Sébastien se voyait déjà devenir le premier comptable de la Drôme provençale, et rayonner peut-être jusqu'à Carpentras, Avignon, Sisteron et Manosque.

Les crocodiles réapparurent alors, mais sous une forme plus sérieuse : un maraîcher, qui régnait sur toute la région du Tricastin, où il possédait des dizaines d'hectares de serres chauffées par les eaux de la centrale nucléaire, cherchait à se diversifier dans le tourisme et avait repris, de l'escroc néerlandais qui avait autrefois traumatisé la région, l'idée d'un gigantesque vivarium destiné à fournir en peau l'industrie du luxe, ainsi qu'à émerveiller les visiteurs, encore marqués par l'irrésistible propension de la reine d'Égypte à jeter ses adversaires aux crocodiles, dans *Astérix et Cléopâtre.* Il se trouvait que l'escroc avait été particulièrement habile, comme avait pu le constater Sébastien en retournant fouiller dans les archives familiales : l'étude de faisabilité du projet était quasi parfaite, et la rentabilité promise n'était pas fantaisiste – il ne lui avait manqué, au fond, que le second étage de sa pyramide de Ponzi, le soutien d'entrepreneurs plus fortunés que son père.

Ayant entendu parler du nouveau projet par une affichette promotionnelle jaune du *Dauphiné libéré*, le jeune bachelier se présenta un matin à l'entrée de la serre principale.

— Je cherche à voir M. Rollin.

— C'est moi. Mais je n'embauche pas de saisonniers en ce moment, et je ne prends personne en dessous de seize ans.

— J'ai dix-huit ans, Monsieur. Je suis très heureux de pouvoir vous parler directement. Votre projet de vivarium est bon, mais légèrement sous-dimensionné, je pense. Les automobilistes qui arrivent jusqu'ici depuis Lyon ont déjà délaissé les ruines romaines de Vienne et les nougats de Montélimar. Si vous voulez qu'ils s'arrêtent au pied d'une centrale nucléaire, il ne suffira pas de leur vendre des crocodiles, mais un parc d'attractions.

— Parce que vous connaissez mon projet, jeune homme ?

— Je connais mieux : je connais les raisons de l'échec de votre prédécesseur. Comment peut-on oublier d'installer des parkings, et négliger à ce point le budget publicité ?

— Peut-être parce qu'il n'avait jamais eu l'intention de le créer, lui, son fameux Memphis provençal ! Et qui vous dit que j'ai oublié les parkings ? J'ai seulement choisi des visuels plus attractifs.

— Les parkings sont attractifs, quand on a déjà fait six heures de voiture depuis Paris. Et les hôtels, aussi. Il ne faut pas vendre seulement des crocodiles, mais des couchers de soleil sur le Nil – avec des portes plus hautes que celles de Louxor, construites par EDF.

— Suivez-moi dans mon bureau, jeune homme.

C'est ainsi que Sébastien trouva son premier travail. Il passa l'été à perfectionner les plans du Néerlandais fantôme, qui s'avéraient définitivement excellents. Seuls péchaient les comptes de la première classe, les comptes de capitaux. C'était là, probablement dans la case 1781 – *dettes rattachées à des sociétés en participation* – que se trouvait le piège qui avait fait trébucher ses parents.

Mais M. Rollin était riche et bien introduit dans les milieux bancaires. L'affaire put être bouclée avant Noël, et les premiers travaux engagés au printemps suivant. Sébastien, embauché au service comptabilité de la florissante PME, et gagnant presque huit mille francs nets par mois, n'avait commis qu'une seule erreur : au lieu d'une participation dans le futur parc de loisirs, il accepta de récupérer le coupé BMW de son patron, désireux de s'attacher à peu de frais le solide sens du business de l'étonnant jeune homme – charge à lui, c'était une voiture de fonction, de trouver une astuce scripturaire pour faire passer la chose auprès de ses experts-comptables.

Sébastien avait appris, à cette occasion, que tout se négociait assez facilement dans le petit monde des affaires de la Drôme provençale. Il découvrit bientôt toutes sortes de pratiques qui ne se trouvaient pas dans son plan comptable adoré, mais que les plis de celui-ci permettaient de généreusement dissimuler, et comprit très vite les subtiles différences qui séparaient le monde de la comptabilité de celui des affaires.

Sébastien avait toujours été un garçon plutôt petit, et très maigre – les croix du médecin, sur son carnet de santé, avaient exactement suivi la limite basse du faisceau statistique. Cela arrangeait M. Rollin, qui dépassait les cent cinquante kilos, et qui se réjouissait d'avoir trouvé là le passager idéal pour son petit avion de tourisme, un joli Cessna 150, initialement blanc et rouge, mais qui venait de recevoir une nouvelle livrée jaune et vert aux couleurs de Crocodile Park, sur une idée de Sébastien, qui avait jugé fiscalement plus avantageux d'en faire un véhicule publicitaire – il avait ainsi bien mérité son baptême de l'air.

Cela faisait presque un an, déjà, que Sébastien travaillait pour l'entreprise, et ce baptême de l'air, longtemps promis, devait être sa consécration – l'idée était un peu folle, mais l'industriel, qui n'avait pas d'enfants et s'était pris d'affection pour le jeune homme, envisageait de l'associer plus étroitement à ses affaires, avec pourquoi pas le projet d'en faire son héritier. Il l'avait parfois invité à ses déjeuners d'affaires, lui avait fait rencontrer le président de la coopérative agricole de Grignan, celui de la chambre de commerce de la Drôme, un gros négociant en côtes-du-rhône, ainsi que plusieurs entrepreneurs en travaux publics qui ne dissimulaient pas leur appartenance à la franc-maçonnerie, et se vantaient sans fin de leurs tentatives, épiques quoique restées jusque-là vaines, d'utiliser celle-ci comme un cheval de Troie pour entrer enfin comme fournisseurs dans l'inaccessible centrale du Tricastin – c'était encore M. Rollin qui en était le plus proche, grâce à la récupération d'une partie de ses eaux chaudes, et Sébastien commençait à se dire que tout cela ne devait pas se régler à l'échelon départemental, ni dans les loges du Grand Orient de Montélimar, mais par-dessus leurs têtes, plus au nord : à Lyon, peut-être même à Paris.

Les deux hyperboles de ses tours de réfrigération avaient brièvement acquis, dans son imaginaire, quelque chose de sacré et de presque érotique, proche de la tunique mouillée d'une déesse antique – et la grossièreté de ces prétendants avait alors commencé à contrarier Sébastien.

Il avait cependant appris une chose importante au contact de M. Rollin et de ses amis : ceux-ci, malgré leur richesse, pouvaient se montrer soudain anormalement durs en affaires, demander par exemple à ce qu'on recalcule toute l'addition pour un café en trop, ou raconter, avec quantité de détails, comment ils avaient obtenu de leur garagiste qu'il leur fasse cadeau de la main-d'œuvre sur une réparation courante, ou d'un artisan qui faisait des travaux chez eux, qu'il divise son devis par deux. Cela avait d'abord intrigué Sébastien : ces mesquineries lui paraissaient de l'énergie et du temps perdu, d'autant qu'on ne touchait pas ici au domaine sacré du retour sur investissement mais au monde moins rigoureux des plaisirs – ces dépenses, qui relevaient de leur argent de poche, paraissaient à Sébastien la meilleure part de leur métier de capitalistes, et il s'expliquait mal qu'après avoir posé plusieurs Pascal sur la table, ils trouvent encore à se disputer pour des pièces de cinq francs.

Mais il finit par comprendre un jour, en fixant avec envie la petite fortune posée sur la table, avant que le serveur ne s'en empare, qu'ils faisaient tout cela par amour, presque désintéressé, de l'argent – c'était l'argent qu'ils aimaient vraiment, encore plus que leurs plaisirs, et s'ils le dépensaient avec largesse, ils ne le faisaient, au fond, que pour le mettre en scène : ces pièces de dix francs, avec toutes leurs grues industrieuses, ce musicien pensif coiffé comme Jeanne d'Arc sur le billet de vingt francs, ces mystérieux symboles qu'ils ressortaient au dernier moment de leur portefeuille pour laisser un pourboire valaient pour eux, à cet instant, toute la fortune du monde – c'était de l'argent libéré de sa valeur d'échange, rendu à sa forme absolue et somptuaire.

Sébastien comprit que, s'il voulait être riche un jour, il ne lui faudrait pas seulement savoir compter, mais s'impliquer aussi, tout entier, dans l'équation : être aussi avare avec les autres que généreux avec l'argent. Et la meilleure façon de s'y exercer consistait, toutes les fois où il était question d'argent, de s'impliquer passionnément, de ne plus rien, jamais, laisser passer sans négocier – l'argent ne rendait pas libre, il rendait supérieur au hasard.

Ainsi Sébastien avait-il accepté de faire son baptême de l'air, à condition que cela soit sur ses heures de travail, et qu'il soit donc payé pour vivre une telle aventure : on survolerait le bassin de chalandise du nouveau parc, et il lui serait particulièrement utile et bénéfique de s'en faire une idée aérienne, avait-il expliqué à M. Rollin. Il avait d'ailleurs commencé à imaginer l'avenir du parc, et dressé les grandes lignes de son évolution future : de cela aussi, il comptait parler ce jour-là à son protecteur.

M. Rollin, tout à sa folle idée dynastique, avait de son côté fait surveiller Sébastien par un ami à lui, celui qui lui louait un deux-pièces à Pierrelatte à côté de la chapelle des Pénitents, et qui possédait le bar lounge des

Trois-Châteaux, le principal établissement de nuit de la petite ville, ainsi que deux discothèques sur la N7, l'une en amont, et l'autre en aval, Le Gold et La Cigale : il n'y avait rien à reprocher à Sébastien, sinon un certain manque d'assiduité, en tout cas rien à redouter du côté du Rainbow, où on ne l'avait jamais vu.

— Pas de petite amie ? demanda le patron à son employé, en sortant le Cessna de son hangar. Il faut s'amuser, hein : moi, j'ai tellement été à mes affaires, depuis quarante ans, que j'en ai oublié de me marier !

— J'ai rompu cet hiver, lui répondit Sébastien. Une fille de mon lycée, hurla-t-il, alors que le moteur était déjà lancé à plein régime.

— Une de perdue, dix de retrouvées. Moi, si j'avais ton âge, et ta petite gueule, j'en profiterais aussi un maximum.

Cependant, Sébastien, après quelques tentatives au Gold, n'avait plus aucune envie de sortir depuis qu'il avait acheté sa première télé, au Carrefour de Montélimar. Il avait pris un modèle hors de prix, une Sony Super Trinitron à coins carrés, et rattrapait avidement le temps perdu de sa jeunesse : il avait manqué, au printemps 1992, les mythiques adieux de La Cinq, et n'avait pas su reconnaître, faute d'avoir pu passer ses après-midi devant le *Top 50* ou devant l'interminable *Boulevard des clips* de M6, de quel groupe les Tranxen 200, dont il avait découvert, émerveillé, le clip flamboyant dans *La télé des Inconnus*, était la parodie – ni qui se cachait derrière les tautologies irrésistibles d'*Isabelle a les yeux bleus*, qui avaient fait pleurer de rire sa mère. Sébastien voulait enfin découvrir ce qu'il y avait dans l'angle mort de son enfance, derrière les coins arrondis du balcon familial, de l'autre côté des montagnes, entre la mire trop nette qui clôturait les programmes de la Trois et la neige cathodique instable qui prenait le relais au-delà – avec quelques formes humaines qui apparaissaient parfois, comme si le bruit blanc des étoiles, à force de prières, avait été soudain fait à son image. Il y consacra toute l'année de son apprentissage, voyant tout, les jeux et les JT, les émissions de variété et les feuilletons, les sitcoms et les soaps, les clips et les publicités – sans ordre de préférence, consommant du flux, avalant des images jusque tard dans la nuit, jusqu'à ce que les programmes de France 3 s'arrêtent, jusqu'à ce que TF1, à cours de trésorerie pour payer encore ses animateurs vedettes, les remplace en cours de nuit par les perdrix et les truites de ses émissions sur la chasse et la pêche. Sébastien attendait peut-être avec plus d'impatience, le mardi soir, les parodies érotiques de l'émission *Sexy Zap*, tant pour la nudité – la robe en laine jaune, tenue par un fil, de Julia Channel se défaisant lentement, du bas jusqu'en haut, tandis que la comédienne tournait sur elle-même, avait représenté un moment important de sa vie érotique – que pour le plaisir plus distancié de reconnaître enfin l'émission parodiée : c'était ici une épreuve du jeu *Fort Boyard*. Et Sébastien regrettait qu'on n'ait pas fait porter au cou de la comédienne, entre ses superbes seins mats, la clé qui aurait rendu la parodie meilleure. La logique aurait voulu que Sébastien s'abonnât alors à Canal +, ou accepte l'offre de son propriétaire qui pouvait lui fournir un décodeur pirate, pour regarder tranquillement le porno du premier samedi de chaque mois. Mais il préféra, étrangement, acheter un magnétoscope programmable – il suffisait de scanner, avec sa télécommande laser, le code-barres du programme télé pour déclencher le futur enregistrement. Technologie finalement inutile : ce n'était pas des films ou des émissions de premier plan qu'il voulait enregistrer, mais un feuilleton de la Une, aux personnages vaporeux, au temps arrêté et aux codes-barres absents, *Les feux de l'amour*, qui passait le midi, pendant qu'il accompagnait son patron à l'un de ses interminables déjeuners d'affaires, ou qu'il se contentait d'un sandwich, en visitant les travaux de Crocodile Park. Car malgré son jeune âge, c'était lui qui supervisait désormais l'avancée des travaux, et qui obtenait d'une voix calme d'un chauffeur de camion qu'il ne décharge pas son sable ici, ou d'un coffreur-bancheur, en haussant à peine la voix pour qu'il l'entende de son échafaudage, qu'il remette son casque au plus vite.

On le prenait en général pour le fils du patron, et on lui obéissait. Mais Sébastien savait qu'il devait cette mystérieuse assurance à l'enregistrement secret des *Feux de l'amour*, qu'il se passait avant s'endormir, en toute fin de soirée : cette mâle assurance, c'était celle de Victor Newman, le président de l'entreprise cosmétique du même nom, le patriarche abrahamique aux épouses et aux enfants innombrables, qui régnait sur Genoa City.

À l'heure de trancher, enfin, en rentrant du travail, pendant la bataille quotidienne de l'*access prime time* entre la table en marbre de *Nulle part ailleurs* et les couleurs vives du plateau de *Coucou, c'est nous !*, que l'infatigable Dechavanne remplissait à l'occasion de tous les animaux de la ferme, tandis que Patrice Carmouze ratait ses démonstrations de bonimenteur encore mieux que Jérôme Bonaldi, Sébastien, comme Camus, choisissait sa mère, et mettait Dechavanne ; il était au fond plus boîte à cons que boîte à coucous.

Mais ce qu'il aimait, par-dessus tout, quelle que soit la chaîne regardée, c'était quelque chose de plus discret, de plus immatériel, de plus aquatique que tout cela, quelque chose dont les transformations musicales du générique de *Thalassa* étaient l'un des chefs-d'œuvre : l'habillage des chaînes, l'incrustation de leur logo dans le coin supérieur droit de l'image, les génériques qui ouvraient et qui fermaient les pages de publicité, les brusques écrans bleus entre les annonceurs, les fonds verts de la météo… Tout cela ne relevait plus tout à fait du monde des hommes. Ce qui se jouait là-bas, dans ces effets de transparence, exprimait des rapports de pouvoir mystérieux, comme les blasons de ses anciens livres d'histoire, ou comme si les couleurs de son plan comptable général étaient devenues vivantes, autonomes et puissantes.

C'était la première fois que Sébastien prenait l'avion, et il était trop intéressé par tout ce qu'il voyait pour penser à avoir peur.

— Le principal sujet, évidemment, c'est la centrale : on ne survole pas ! J'ai des amis qui ont perdu leur licence pour avoir joué au con avec ses tours de refroidissement. Mais aucun danger, je t'emmène au nord, direction le Vercors : tu vas en prendre plein la vue.

L'avion remonta le Rhône pendant un quart d'heure, jusqu'aux tours d'une autre centrale, sans doute celle du

Cruas, sur laquelle un enfant jouait avec une coquille Saint-Jacques ; Sébastien avait aussi reconnu Montélimar, et commençait à discerner Valence, quand l'avion amorça soudain un virage à droite.

— Qu'est-ce que c'est, juste en dessous de nous, un volcan ?

Il avait vu ce qui ressemblait à un énorme cratère, que la perspective rendait parfaitement circulaire.

— Cette espèce de baignoire suspendue ? C'est la forêt de Saou. Le plus grand synclinal perché d'Europe : une vallée devenue aussi haute qu'une montagne, quand tout s'est effondré autour. Tous les vingt ans un dingue tente de construire un hôtel dans la forêt qui s'est retrouvée emprisonnée là, et fait faillite ou devient fou.

À mesure que l'avion se rapprochait, la structure s'allongeait. Elle ressemblait maintenant aux fortifications d'une gigantesque ville – une sorte de citadelle naturelle. Sébastien avait vu *Jurassic Park* quelques mois plus tôt, et il se dit brièvement, avant que l'avion pivote à gauche en direction du Vercors, que c'était là l'endroit idéal pour y parquer des dinosaures – et aucune des falaises, bien plus hautes, qu'ils allaient raser par la suite ne lui fit plus d'impression que cette étrange enclave suspendue, qui avait rendu en une seconde l'île aux crocodiles à ses dimensions un peu risibles, un peu *quaternaires*.

Enfin l'avion reprit la direction du sud.

— Tu veux voir ton village ? J'ai largement assez de carburant pour voler jusqu'aux Baronnies.

Sébastien reconnut les aiguilles familières, à droite, qui marquaient l'endroit où la vallée se resserrait, après Buis-les-Baronnies. L'avion perdit de l'altitude et remonta l'ancienne route du car, et Sébastien mesura en souriant le chemin parcouru. L'espèce de chalet était bien à sa place, au lieu-dit Les Combes, et Sébastien, surpris de la petitesse du jardin dans lequel il jouait enfant, préféra ne rien dire. Le fond de la vallée se rapprochait dangereusement, et il eut peur, soudain, moins de mourir maintenant que de mourir *ici*, comme si toute sa vie avait été stupidement immobile. L'avion se redressa à temps, et franchit bientôt la barrière rocheuse. Alors Sébastien découvrit, immenses, les Alpes devant lui, qui couvraient tout l'horizon comme la bâche exagérément agrandie des serres de Pierrelatte – et on distinguait même, à sa blancheur accrue, presque jusqu'à la transparence, les endroits où le plastique menaçait de percer sous la poussée des plus impatientes saillies rocheuses. Mais déjà l'avion avait fait demi-tour, et Sébastien remarqua, juste avant qu'ils ne replongent de l'autre côté, la ressemblance entre les murailles qui fermaient sa vallée et celles de la forêt de Saou.

— Regarde, nous allons refaire tout le parcours de l'Ouvèze, de sa source à Vaison-la-Romaine – c'est de chez toi qu'est partie la gigantesque chasse d'eau qui a failli détruire la ville.

Sébastien avait vu comme tout le monde, quelques mois plus tôt, les images vidéo amateurs de la rivière en crue qui avait atteint le sommet de la voûte du vieux pont romain. Mais c'était moins les caravanes emportées du camping qui étaient venues se faire broyer là qui l'avaient marqué que le caractère imperturbable du *time code*, incrusté en bas à droite des images ; c'était moins la résistance du pont qui l'avait émerveillé que la persistance de ces chiffres, leur absolue innocence :

22.9.92
16:35

Ce n'était plus, soudain, une catastrophe, c'était *Vidéo Gag*. Ces chiffres, sur ces images, comme ailleurs les logos des chaînes, prêtaient à ce qui apparaissait derrière eux une sorte de profondeur, mais non pas celle irritante, infinie, épineuse de la perspective, plutôt celle d'un petit théâtre de marionnettes, ou de cette crèche que sa mère lui avait fait assembler autrefois dans une boîte de chaussures peinte, avec son étoile filante suspendue à un fil – quelque chose de l'ordre de la convention, d'un arrangement gracieux des choses entre elles, d'un soin apporté à ce qu'elles ne se heurtent pas. En y repensant alors, il se dit que c'était bien cela, oui : la télé n'était pas une machine à voir le monde, mais un petit univers autonome, bienveillant et légèrement magique – personne ne se blessait jamais dans *Vidéo Gag*.

L'avion se posa enfin sur le petit aérodrome de Pierrelatte – et M. Rollin désigna un hélicoptère bleu à Sébastien :

— C'est celui de Patrick Lepape, de *La roue de la fortune*. Il a une maison dans le coin, je lui ai rendu des petits services, il avait tendance à voler trop près du Tricastin… Tu veux que je vous présente ? Il doit encore être dans les parages.

Sébastien entra, le cœur battant, dans le hangar en

tôle : c'était la première célébrité qu'il allait voir et il avait autant le trac que quand il était entré dans le funérarium, pour saluer sa grand-mère – l'unique cadavre qu'il avait jamais vu.

La première chose qu'il remarqua, ce fut la Porsche jaune. Et il pensa mécaniquement à ce moment où les joueurs de *La roue de la fortune* délaissaient la roue pour aller dépenser leur gain dans un petit carrousel dont chacune des sections était comme une version améliorée des pièces de sa maison : la cuisine était suréquipée, le salon possédait les téléviseurs les plus grands du marché, les chaînes hi-fi les plus puissantes, un tracteur-tondeuse trônait dans le jardin d'hiver, on pouvait tenir à cinq dans le canapé d'angle.

— Superbe, ta Porsche ! Tu es allé voler où ?

— Ah, cher ami ! J'étais du côté d'Orange, j'ai acheté quelques vignes, je voulais les voir du ciel. Un excellent rosé. Je t'en ferai livrer une caisse.

Sébastien n'en revenait pas qu'ils se tutoient.

— Je te présente mon protégé, un génie de la comptabilité, il peut te sauver quand tu veux la mise avec le fisc. Il s'appelle Sébastien, Sébastien Bitereau. C'est le fils de mon plombier !

Quelque chose fut à cet instant cassé pour toujours entre Sébastien et son premier mentor.

Le jeune homme passa les semaines suivantes à surveiller le ciel et l'autoroute, s'avançant pour regarder à travers le verre teinté de son pare-brise chaque fois qu'il entendait le bruit tranchant des pales d'un hélicoptère, et remontant tous les vendredis soir jusqu'à Malataverne, d'où il pouvait, d'un pont, guetter le passage de la Porsche jaune sur l'autoroute du Soleil – sans se dire que *La roue de la fortune* pouvait être enregistrée, il avait calculé le temps que mettrait son présentateur pour foncer du studio jusque-là.

Il ne parla jamais, pendant ces semaines suspendues, ni de l'animateur, ni de son projet pour le parc, dont il avait brutalement ajourné la présentation. En discutant avec le patron d'une entreprise de BTP, il avait appris qu'EDF stockait, dans l'enceinte du Tricastin, une énorme cuve de réacteur qui souffrait de malfaçon – rien de grave, mais la Sûreté nucléaire n'avait voulu prendre aucun risque. On aurait été enchanté de s'en débarrasser en la cédant à quiconque serait disposé à la déplacer, et à lui trouver un nouvel usage – on parlait d'une pièce de cinq cents tonnes, avec des parois d'une épaisseur de vingt-cinq centimètres. Sébastien sut instantanément ce qu'il en ferait : il avait vu un reportage, une nuit, sur les poissons des abysses, et cette cuve pourrait être facilement transformée en un aquarium à haute pression, unique au monde, dans lequel on aurait creusé des hublots pour permettre aux visiteurs de contempler les pires monstres de la création.

Enfin, Sébastien vit l'hélicoptère surgir du ciel bleu, un jour qu'il attendait la Porsche, accoudé à la barrière en aluminium rêche du pont de l'autoroute. Il fonça dans sa BMW. Jamais il n'avait roulé aussi vite, mais l'hélicoptère l'avait facilement distancé et devait déjà survoler le Vaucluse. Il n'avait plus qu'à retourner à l'aéroport, et à attendre l'hypothétique retour de l'animateur. Il resta là, derrière son volant, pendant plusieurs heures, imaginant toutes les façons dont il pourrait l'aborder – et se décidant finalement pour la plus simple de toutes, la demande d'autographe. La scène existait, il l'avait vue à la télé : à peine posée, la star voyait quelqu'un se précipiter vers elle, anormalement baissé, sous l'hélice menaçante, son carnet à autographes agité par le vent.

Mais à l'arrivée tant attendue de l'hélicoptère, Sébastien, paralysé par la peur, resta dans sa voiture. Tout juste réussit-il à mettre le contact et à passer la première pour s'avancer jusqu'à l'entrée de l'aérodrome, avec une terrible nausée – et il dut ouvrir sa portière, pour vomir dans l'herbe desséchée, au moment où l'animateur, dans sa Porsche étrangement devenue verte, passait à côté de lui.

— Ça va, petit ?

Sébastien releva la tête : maintenant que le plus dur était fait, que le contact était établi, il se sentait miraculeusement bien, et sa timidité même avait disparu.

— Des fruits de mer. Les restaurants du coin ne valent rien.

— C'est toi, le génie de la comptabilité que le gros Rollin m'a présenté le mois dernier ?

— À votre service, monsieur.

— Tu cherches du travail ? C'est pour ça que tu es là ? Des stars-fuckers, et des escrocs : notre double malédiction sur cette Terre…

— Je ne comprends pas.

— Tu sais ce que c'est qu'un gigolo ?

— Je cherche du travail, mais pas comme ça, non.

— Tu viens de dégueuler sous mes yeux, alors on va

dire que ça plaide plutôt en ta faveur ! Tiens, prends un chewing-gum, et monte.

— On va où ?

— À Paris. Ça nous laisse quelques heures pour faire connaissance. Et pas d'inquiétude, si jamais je ne le sens pas, je te lâche à Lyon, et te voilà de retour dans la Drôme, avec suffisamment d'anecdotes sur les lubies fascinantes des stars de la télé pour le restant de tes jours.

— Je laisse ma voiture ici ?

— Allons jusqu'au parking de la gare la plus proche. Réfléchis bien à ce que tu as à m'offrir, il est encore temps de nous séparer, ni vu, ni connu. Sébastien, incrédule, vérifiait sans cesse que la Porsche était toujours dans son rétro – et tombait chaque fois sur le visage connu du présentateur, qui lui adressait alternativement, avec un professionnalisme impeccable, un salut militaire ou un clin d'œil. Il monta enfin dans la Porsche, sur le parking de la gare de Pierrelatte, surpris d'être assis aussi bas, et se demandant ce qui valait le plus cher, entre cette minuscule voiture et la totalité des lots d'une émission de *La roue de la fortune* – et il pensa aussitôt à un nouveau concept d'émission, croisant *La roue de la fortune* et *Le juste prix*, idée dont il fit précipitamment part à l'animateur.

— Je t'arrête tout de suite : cela fait cinq ans que ce connard du *Juste prix* essaie de me piquer mon émission, alors je ne vais pas lui en apporter les clés sur un plateau. Et si ton don, c'est celui d'inventer de nouveaux concepts de jeux, alors autant que tu descendes maintenant, et que tu fasses du stop de l'autre côté de l'autoroute, direction le MIP de Cannes : là, tu en verras des concepts de jeu et d'émission, et du monde entier. S'il y a bien une chose qui n'a jamais manqué, à la télé, ce sont les concepts. Les idées, c'est moins sûr.

— Les idées ?

— Les idées, oui. Comment j'empêche ce fils de pute de prendre ma place, comment j'arrive à convaincre la chaîne de me garder une saison de plus. Comment j'évite que ce diabolique cliquet tombe sur banqueroute. J'achète le I, le D et les deux E, là, tout de suite. Tu vends quoi, petit con ?

Paniqué, Sébastien prit la question de l'animateur au premier degré.

— Je vends l'hélicoptère, les vignes, les voitures.

— Mais ça ne m'appartient évidemment pas ! Même mon loft est en location. On me prête cet hélico comme on me prête mes costumes : où que j'aille, je trouve toujours des mécènes prêts à payer pour passer la journée avec moi. C'est l'équivalent, en plus chic, des autographes. Tu sais ce que c'est, un autographe ? C'est de la star en sachet lyophilisé. Un peu de son parcours terrestre, un peu de son temps a été immobilisé ici, cette portion de sa vie, c'est nous, exclusivement nous, qui la possédons : le sismographe tremblotant de la gloire. J'enregistre toutes mes émissions sur une semaine, le reste du temps je vis ma vie d'autographe en province. Et je ne suis pas à plaindre, hein : je suis toujours à l'antenne, j'appartiens encore à l'élite, celle qui joue au golf avec les présidents de Région, qui déjeune chez Sénéquier avec Eddie Barclay. Pas d'animation en hyper, pour moi, pas encore. Tout au plus des apparitions caritatives à des dîners du Rotary.

— En fait vous ne possédez rien d'autre que les droits sur votre image. Mais vous les monétisez mal, vous faites ça de façon empirique, en fonction des liens d'amitié que vous établissez. Et du coup, dans ces conditions, c'est embarrassant de demander directement de l'argent. Vous vous faites payer en nature. Et la journée finie, vous n'avez plus rien.

— Tu as le droit d'être désagréable, c'est pour ça que tu es là, mais tutoie-moi, au moins.

— *Tu* as fait des publicités ?

— Des assurances-vie et des complémentaires santé, avant que la sale rumeur ne soit diffusée.

— Quelle sale rumeur ?

— Je note avec plaisir que tu ne lis pas *Ici Paris*. Ils m'ont refilé ce putain de sida. Bye bye Prévalix et Séquoia plus. Et bye bye aussi, bientôt, les ménagères de moins de cinquante ans. Tout le petit électroménager, dont je suis le receleur officiel, apparaît soudain contaminé, même les canapés ont l'air un peu malades.

— Tu es salarié de la chaîne ?

— C'est bien pire que ça : personne ne le sait, mais le producteur de *La roue de la fortune*, c'est Unilever, le géant néerlandais de la lessive. C'est pas complètement un hasard si je fais gagner des machines à laver. Unilever me produit, et en échange TF1 lui cède des espaces publicitaires.

— Quel intérêt, pour la chaîne ?

— À toi de me dire : c'est toi, le génie de la comptabilité…

« Patrick Lepape ! » L'employé du péage de Vienne venait de reconnaître l'animateur ; il avait un cousin qui était passé dans *La roue de la fortune*, quelques années plus tôt.

— Un grand type, avec une chemise à carreaux et une queue-de-cheval.

— Michel… non, Jean-Michel. Très sympathique. C'est dommage, il s'était planté sur le titre du film. *Les dents de la mer*, je crois.

— Incroyable ! Vous vous souvenez de tous les candidats ?

— Je me souviens de comment ils étaient habillés, de là où ils habitaient, et des cadeaux qu'ils ont choisis. Les deux mille candidats !

— Je peux vous demander un autographe ?

Sébastien était impressionné.

— Tu sais, je viens du théâtre. Ça aide, pour la mémoire. Et encore plus pour faire croire que je suis hypermnésique… Tu crois que je me souvenais des *Dents de la mer* ? De toute façon, ils s'appellent tous Jean-Michel.

L'animateur bâilla et Sébastien se sentit en sursis dans son siège baquet, prêt à être éjecté au passage de Lyon.

— Ce n'est pas une si mauvaise idée, le sida, tenta Sébastien, alors qu'ils franchissaient le Rhône. Si tu disais que c'est vrai, tu finirais la saison en héros, et on te reverrait à l'automne à la présentation d'un grand événement médiatique – l'équivalent du téléthon, mais pour le sida. Le sidathon.

L'animateur regarda Sébastien, sidéré. Sébastien, qui fixait la route, au loin, surveillant les panneaux indiquant leur arrivée imminente dans le tunnel de Fourvière, ne se rendit pas compte du danger de la situation et continua sur sa lancée :

— Tout ce que tu fais aujourd'hui, les week-ends dans le Sud, les vignes, l'hélicoptère, tu le feras encore, mais pour ta fondation. Des collectes de fonds, des dîners de charité. Et bien plus encore. Car tu ne seras plus le présentateur de *La roue de la fortune* mais l'ambassadeur de la lutte contre le sida.

— Parce que pour toi c'est réglé, j'ai le sida ? Tu as quoi comme élément ? Que j'ai fait du théâtre autrefois, et que forcément, dans le théâtre, on est tous un peu pédés ? D'ailleurs pourquoi est-ce que je t'aurais pris, sinon, dans ma voiture...

— Je m'en fiche de savoir si tu as ou non le sida, je cherche des solutions. Je suis désolé.

Sébastien venait de s'apercevoir que le présentateur pleurait. Mais déjà, devant eux, la trémie du tunnel de Fourvière annonçait qu'il irait bien jusqu'à Paris, et il dut tourner la tête vers l'extérieur pour dissimuler un sourire de triomphe.

Patrick fit dormir Sébastien sur un canapé, dans son immense loft, à La Chapelle – c'était la première nuit que Sébastien passait à Paris, et s'il avait cru à un tremblement de terre au passage du métro aérien, s'il avait pensé, au moindre bruit dans l'escalier, à un cambriolage de drogués en manque de crack prêts à défoncer la porte avec des battes de base-ball, il avait fini par s'endormir en écoutant le sifflement des trains qui freinaient dans la nuit. Paris avait quelque chose de mécanique, et il adorait ça.

Ils passèrent le samedi et le dimanche enfermés ensemble. Patrick était presque tout le temps au téléphone avec de mystérieux correspondants dont Sébastien essayait, d'après leurs prénoms et quelques vagues éléments de contexte, de savoir s'ils appartenaient au show-biz. Le reste du temps, Patrick commandait des plats japonais ou chinois par Minitel, ce qui lui prenait chaque fois presque une heure – si bien que Sébastien finit par proposer d'y aller à pied.

— Non, non, tu restes là. Le quartier est trop dangereux. Et il faut que tu finisses ce que tu as commencé, c'est ton idée, les frais réels.

C'était son idée, effectivement, une idée qu'il avait eue à la hauteur de Beaune : si l'animateur passait aux frais réels, il pourrait déduire de ses impôts toutes sortes de choses, l'encre de son fax, le chauffage de son loft, ses sorties au resto. Patrick avait renversé sur la table en verre du salon deux énormes corbeilles à papier de factures, notes de frais et additions qu'il gardait depuis des années, et Sébastien avait entrepris de les classer. Ce fut ainsi, en deux jours, son apprentissage accéléré de la nuit parisienne : les factures de magnums de champagne au Palace et aux Bains Douches, le sauna naturiste du passage des Panoramas, les additions à quatre chiffres à la Tour d'argent, les nuits d'hôtel, absurdes, dans la ville où l'animateur habitait, les abonnements à des salles de sport, à des salons de massage, à des cabines de bronzage. Le coût hallucinant d'une semaine de check-up à Quiberon, d'une liposuccion à Neuilly, d'une opération des yeux, de la pose d'implants capillaires, d'un blanchiment des dents.

Étude de cas : la célébrité.

Sébastien additionnait les chiffres, et découvrait, un peu effaré, qu'on pouvait ainsi dépenser, tous les mois, en pure perte ou presque, plus d'argent qu'il n'aurait jamais rêvé gagner en un an.

— Et encore, il manque tout ce que l'État ne doit jamais savoir !

C'était une semaine d'enregistrement et ils arrivèrent le lundi matin à 10 heures dans le grand studio de la Plaine-Saint-Denis. Seule une affichette *La roue de la fortune* distinguait le couloir qu'ils avaient emprunté d'un couloir ordinaire. L'animateur disparut derrière une porte sur laquelle était écrit « HMC », sur une flèche en carton fluo, se retournant juste, au dernier moment, pour dire à Sébastien de prendre la seconde porte à droite, et de demander Véronique. Elle lui expliquerait les bases du métier d'assistant, le fonctionnement de la cafetière, de l'imprimante pour ses fiches, ainsi que la gestion de la page Minitel. Lui, qu'est-ce qu'il allait faire ? Il pointa successivement les trois lettres à Sébastien : « Habillage, maquillage, coiffure. »

La porte indiquée donnait sur la régie vidéo, une petite pièce aveugle et sombre, mais remplie d'écrans éblouissants sur lesquels Sébastien reconnut le plateau de *La roue de la fortune*, filmé depuis différents angles et scruté par une douzaine d'observateurs silencieux, disposés sur trois rangées parallèles, comme si on s'apprêtait à lancer une fusée en orbite. Certains avaient des casques, d'autres des claviers aux touches lumineuses. Il était difficile de comprendre qui faisait quoi. Tout à gauche, quelqu'un dessinait sur une palette graphique ; la personne isolée, à droite, dans une cabine de verre, devait superviser le son. Entre les deux, l'homme qui faisait face au plus grand nombre d'écrans, et qui paraissait le plus décontracté, devait être le réalisateur – Sébastien n'avait pour se repérer que les vagues souvenirs des dessins au pastel d'un livre qu'il avait consulté au CDI de son collège : *De l'autre côté de l'écran.*

De l'autre côté de l'écran : c'est là qu'il était, pour la première fois de sa vie, et cela lui rappelait aussi toutes les merveilles incompréhensibles, grumeleuses et luisantes de la grotte du Vercors qu'il avait visitée un jour avec sa classe. Et il referma ses doigts sur la rampe du petit escalier qui menait au mur d'écrans, en s'imaginant que c'était la rambarde du gouffre, un gouffre dont le guide leur avait fait remarquer que les eaux noires projetaient, chaque fois qu'une goutte se détachait d'une stalactite, des ondes sinusoïdales sur la voûte au-dessus de leur tête.

Là-bas, sur le plateau, un technicien formait lentement des huit avec le câble d'une caméra, tandis qu'un autre passait un chiffon sur les lettres mobiles et lumineuses du tableau d'affichage ; un homme habillé en noir, peut-être un huissier, se dirigeait vers la roue avec une burette d'huile, tandis que sur un escabeau un ingénieur du son ajustait la hauteur d'un micro d'ambiance.

La femme, brune, âgée d'une quarantaine d'années, qui venait de lancer « on se dépêche, trente secondes » dans un micro et qui fumait une cigarette, devait être Véronique. Elle portait un collier aux perles en bois énormes, colorées et irrégulières, et des boucles d'oreilles plus compliquées que des antennes hertziennes. Sébastien allait se présenter quand elle lui intima de se taire, et de s'asseoir à côté d'elle.

— Il est où, l'autre con ? Déjà qu'il nous fait commencer à 11 heures, faut qu'il se pointe maintenant.

Elle montra un casque à Sébastien, qui le mit aussitôt, ce qui l'empêcha d'entendre ce qu'elle lui disait ; elle dut écarter son écouteur gauche pour lui expliquer qu'il pouvait, avec les boutons qu'elle lui montra, choisir quel canal écouter – et il sentit ses ongles longs griffer sa nuque.

— Je fais entrer le public ? demanda une voix.

— Vas-y. Mais je voudrais qu'on me dise où il en est dans sa loge... Lydia, ma chérie, il est prêt ?

— Il dit qu'il n'a toujours pas son café, qu'il faut absolument virer son nouvel assistant, et qu'il ne viendra pas en plateau tant que ce ne sera pas fait.

Sébastien avait déjà enlevé son casque et bondi de son fauteuil, quand Véronique l'attrapa par le bras.

— Il me vire un assistant par semaine, ça devient impossible. Toi, t'es mignon, et plus mon genre que le sien, je veux que tu restes.

— Mais je l'assiste en quoi, si je reste ici ?

— Tu scrutes son visage, tu décortiques son sourire, tu contemples son maquillage. Et à la fin de l'émission tu te jettes sur lui en plateau et tu lui dis à quel point il était génial et beau, drôle et bienveillant avec les candidats. Tu me fais ça vingt fois aujourd'hui, à toutes les pubs, et tu reviens le contempler avec moi en régie. Et je te jure qu'on va être les meilleurs amis du monde, et même un peu plus, si ça t'amuse.

Sébastien suivit scrupuleusement ce programme, pendant les trois mois qui suivirent, et ils devinrent effectivement les meilleurs amis du monde – il prétextait seulement un cinéma avec des collègues, chaque fois que Véronique l'invitait à dîner. Ce qui donna lieu, entre eux, à un petit quiproquo, quand elle finit par comprendre quels étaient ces mystérieux *collègues* : un collègue, là où Sébastien avait grandi, dans la Drôme provençale, cela désignait un ami. Il rit avec elle, et un peu trop fort, de cette charmante méprise, pour dissimuler à quel point la scène le mettait mal à l'aise – non pas tant à cause de son insistance à le voir en dehors du travail ni du fait que ces *collègues* étaient imaginaires, mais parce qu'il venait de comprendre, en entendant Véronique répéter, en forçant l'accent, ce mot de *collègue*, qu'il avait bien plus conservé qu'il ne le croyait son accent provençal. Et c'est ainsi qu'il apprit que sa carrière télévisuelle était inexorablement compromise.

Ce furent pourtant des mois merveilleux, pour Sébastien. Il ne sut jamais, malgré les innombrables plaisanteries de Véronique, où se trouvaient la photocopieuse et la machine à café. L'étrange duo, entre le présentateur vieillissant et sa productrice un peu blasée, avait trouvé à se régénérer, autour de ce tiers si atypique, de ce *schpountz* aussi compétent que serviable – et il importait peu à Sébastien, heureux d'être là et de pouvoir apprendre à toute vitesse comment fonctionnait la télévision, qu'ils utilisent ce surnom humiliant, ou qu'il fasse l'objet de plaisanteries sexuelles permanentes. Le jeu, entre eux, était à qui l'aurait le premier dans son lit, et Sébastien savait intelligemment en jouer – sans doute parce qu'il n'éprouvait d'attirance ni pour l'un ni pour l'autre. À peine une érection rapide, peut-être, le soir où Véronique, en minijupe, s'était cambrée contre lui, le temps de commander un autre mojito, aux Bains Douches, où Patrick fêtait son anniversaire. L'avait-elle senti ? Elle s'était en tout cas mise à osciller légèrement autour de son sexe, avant de se retourner soudain pour embrasser le jeune homme sur la bouche, en venant presser ses ongles contre sa nuque.

Patrick n'avait pas ces audaces. Il dépliait, chaque soir, le canapé-lit de Sébastien avec une tristesse si évidente que celui-ci, pour le remercier, avait pris l'habitude de ne fermer qu'à demi la porte de la salle de bains quand il prenait sa douche, et de bien veiller à ce que son image parvienne, par le miroir oblique de sa chambre, jusqu'au lit où se prélassait encore l'animateur. Cela était même devenu un jeu très codifié entre eux : « Tu prends ta douche, et on y va ? » Sébastien aurait pu, sans doute, le laisser approcher, s'il avait une seule fois répondu à la question rituelle : « Tu veux que je t'apporte un peignoir ? », mais il sentait que Véronique, située hiérarchiquement au-dessus de l'animateur, n'aurait pas apprécié d'être ainsi doublée.

Ils fréquentaient tous les trois les bars et les restaurants du Marais : le Quetzal, le Duplex ou le Subway. L'animateur témoignait là d'une mélancolie étonnante, se désolant de la fermeture du Palace ou du déclin de la rue Sainte-Anne. Toute une troupe de vieux homosexuels célèbres – ou dont Sébastien découvrait l'homosexualité – venait souvent se joindre, le temps d'un verre ou deux, à ces considérations nostalgiques, comme Yves Mourousi, Henry Chapier, Pascal Sevran ou Roger Stéphane, un ancien résistant qui se vantait d'avoir libéré l'Hôtel de Ville, fait fusiller des collaborateurs et dirigé, à peine reprise à l'occupant, la première chaîne de télévision française.

Pascal Sevran témoignait beaucoup de sympathie à Sébastien, sans que cet intérêt soit vraiment réciproque : *La chance aux chansons* était l'une des rares émissions qu'il n'avait jamais réussi à regarder. Mais il sut apprécier l'incroyable écart entre le kitsch de l'émission et la réjouissante méchanceté de son présentateur, qui avait toutes les semaines de nouveaux ragots sur telle ou telle célébrité – on disait qu'il les tenait directement du président Mitterrand, qui avait mis tout le show-biz sur écoute téléphonique. En ces instants, ivre sans avoir bu une goutte d'alcool, ivre des secrets du Tout-Paris, Sébastien était au cœur du monde, dans les replis des grandes oreilles présidentielles, sous les draps d'un palace avec Carole Bouquet, dans la moustache d'Edwy Plenel, derrière l'œil de verre de Jean-Edern Hallier.

Comme redouté, Patrick fut évincé en juin de la nouvelle grille des programmes. Sébastien fut agréablement surpris par la façon dont l'animateur endura la situation : jamais il ne fut meilleur que pendant sa dernière session d'enregistrements, se souvenant, in extremis, qu'il avait fait le Conservatoire et qu'il avait côtoyé Dewaere et Depardieu au début de leur carrière – il se vantait parfois d'avoir été coupé au montage dans un film de Duras. Il avait su donner, surtout, à ses adieux le caractère d'un événement passager, d'un simple au revoir ; l'ultime titre de film qu'il avait fait deviner avait été, ce jeudi-là, *Au revoir les enfants*.

Sa carrière télévisuelle était dorénavant finie : ils regardèrent sa dernière *Roue de la fortune* sur l'immense télé du loft de La Chapelle, une télé qui diffusait, via un système de prisme caché dans son meuble noir, une image agrandie sur un écran de verre dépoli.

Il émanait de tout cela une immense tristesse, bien plus que de la colère. « L'opération sida » était en stand-by depuis deux mois. Elle avait été montée conjointement par Sébastien et Véronique – lui était prêt à déposer les statuts de la fondation, elle à négocier un 20 heures et à décrocher les couvertures conjointes de *Match*, de *Têtu* et de *Télé 7 jours*. On aurait probablement pu prendre la chaîne de vitesse et obtenir une reconduction : le premier coming out d'un présentateur de la Une, doublé de l'annonce de son sida – c'était un coup de poker, dans une France encore conservatrice, mais il y avait une chance sur deux, estimait Véronique, pour que TF1 soit forcé de le maintenir à l'antenne.

L'animateur était beaucoup plus pessimiste et il avait trop attendu, laissant finalement le directeur des programmes le convoquer début juin. Et lorsqu'il avait enfin donné son accord pour qu'on lance l'opération le dernier samedi de juin, après la diffusion de sa dernière *Roue de la fortune*, cela n'avait plus aucun sens : la grille de rentrée avait été annoncée, il n'était pas dedans, et le calendrier médiatique, à la veille des vacances, était particulièrement mauvais. L'annonce de sa maladie fut réservée aux pages intérieures des magazines, et on dut se contenter du 13 heures du samedi et d'un *Soir 3*.

— Je sais que tu m'en veux, Sébastien. J'ai tout foutu en l'air. Je crois que c'est ce que je voulais. Revenir au théâtre. J'ai signé pour trente représentations renouvelables, avec Jacques Balutin et Marthe Villalonga, au théâtre de la Michodière. Une sorte de boulevard modernisé, un truc à la *Maguy*. C'est la vie dont j'ai toujours rêvé. Faire rire les gens, pas leur offrir des lave-vaisselle. Et après, un petit resto, une bouteille de bon vin et au dodo, avant de remettre ça le lendemain. Tu te rends compte qu'en vingt ans de carrière je n'ai pas été une seule fois en direct ? Je ne peux pas décemment mourir sans savoir ce que ça fait d'avoir le trac. Et de faire applaudir les gens sans avoir à en passer par un chauffeur de salle.

— On garde la date de novembre pour le Sidathon ? Pierre Bergé et Line Renaud sont d'accord.

— Je préfère qu'on décale à janvier, pour laisser à la pièce le temps de s'installer. Si je tiens jusque-là.

— La maladie s'est déclarée ?

— Je te dois un minimum de franchise, avant que tu ne t'engages trop loin : je ne serai sans doute plus là l'année prochaine, et tes nouveaux amis me rendront un vibrant hommage sous une photo géante. Mais ce qu'ils ne devront jamais savoir, et je ne le dis qu'à toi, car après tout tu seras sans doute le dernier garçon que j'aurai hébergé ici – et je sais que tu connais trop bien l'état véritable de mes comptes pour l'avoir fait par intérêt : je n'ai pas le sida. Et honnêtement, j'en suis le premier surpris ! Ce n'est pas une prostate qu'on m'a retirée l'année dernière, mais une putain de balle de tennis. Je n'ai pas réussi à rebander depuis, le médecin m'avait prévenu – j'ai fait les choses bien, pourtant, j'ai pris l'urologue de notre président. Et tout ça pour rien, car il y a eu des métastases partout. Si je tiens à peu près debout, c'est grâce à la cortisone. J'ai revu hier mon visage d'il y a dix ans dans un bêtisier : je suis devenu énorme. Et le plus dingue, c'est que personne ne s'en est rendu compte. Au fond, l'article d'*Ici Paris* qui annonçait que j'avais le sida m'a soulagé. Je n'allais quand même pas mourir de la même maladie que notre vieux président. Je ne suis pas sur le service public, moi, je suis du mauvais côté de la société de consommation, je suis là pour donner des idées de dépense aux ménagères de moins de cinquante ans. Et hors de question qu'on me refile une maladie de vieillard. Je mourrai d'une maladie moderne, une maladie de jeune premier.

Sébastien fit part de cette révélation à Véronique le soir même, mais elle était déjà au courant.

— Tu sais le surnom que je lui ai donné ? Paresse. Comme le péché capital. C'est un homme délicieux, Patrick, mais il n'a jamais su se battre. C'est moi qui l'ai mis là, et il a tout de suite adoré ça : quarante heures de travail par mois, pour le salaire cumulé de tous les ministres du gouvernement. Trois semaines sur quatre à ne rien faire, à regarder sa tête à la télé, ou la France depuis le ciel – c'est encore moi qui lui ai dit de passer son brevet de pilote, pour le canaliser un peu, sinon il serait sorti tous les soirs et il n'aurait jamais tenu le rythme, le tout petit rythme des enregistrements.

— Tu vas faire quoi, toi ? Continuer avec son successeur ?

— Non. Je change de chaîne, je rejoins Pascal Sevran. On va essayer de le faire doucement monter en gamme, d'en faire un concurrent crédible de Drucker. Vois si tu veux nous rejoindre. Pas le top de la branchitude, mais sans doute l'endroit idéal pour continuer à apprendre le métier…

— Ça m'intéresse. Beaucoup.

— Je me demande, tiens, quel serait son péché capital, à Pascal. La colère, sans doute. Tu verras, c'est la partie la plus dure, mais aussi la plus fascinante du métier : il n'y a pas un animateur dont l'âme soit en repos, et ils ont tous une façon spéciale d'être insupportables, et une façon encore plus mystérieuse de rester adorables, d'être adoré de leur équipe comme du public. Ils veulent évidemment qu'on les aime, et ils savent être charmants, comme notre cher Patrick. Mais ce sont des monstres, des monstres authentiques. Pourtant on se sent proche d'eux, et on leur pardonne tout. Pas seulement nous, des millions de téléspectateurs. On ne peut pas être aimé autant, autant pour si peu. N'oublie jamais que ce sont des animaux domestiques : ils en ont tous les charmes et tous les défauts. De toutes petites choses fragiles. Du genre de celles que les vieux collectionnent dans des vitrines. Des machins en porcelaine attachants et difformes. Tu verras, d'ailleurs, c'est le gros du travail, en plateau et en régie, en production et en relation presse : on n'est pas là pour tirer le meilleur de ce qu'ils sont, cela, s'ils sont un peu pros, ils s'en arrangent tout seuls. On est là seulement pour maquiller leurs défauts – leurs mains trop blanches, leurs dents trop jaunes, les sautes d'humeur que leur causent en désordre le stress, la cocaïne et la direction des programmes.

— Tu crois qu'ils sont heureux ?

— Ils sont *dangereusement* heureux. Tout cet amour qu'ils reçoivent, c'est rien, encore, par rapport à l'amour qu'ils ont pour eux-mêmes. Au bout d'un moment ils se trouvent géniaux même quand ils commandent au resto ou qu'ils donnent une adresse au taxi. Et ça c'est la première étape. Après vient le moment où ils refusent de parler au taxi, où il leur faut un assistant pour ça. Et puis un chauffeur. À ce stade c'est irréversible. Faire des crises, c'est leur façon de demeurer humains, d'avoir encore des interlocuteurs, de ne pas se prendre pour Dieu. Le niveau de notoriété des stars de la télé aujourd'hui, personne, à aucun moment de l'histoire, personne ne l'a jamais eu – et pourtant je suis certaine, parfois, que cela préfigure aussi pour eux l'enfer. L'enfer comme une collection de péchés capitaux et de têtes coupées.

— Des têtes coupées ?

— Des millions de têtes, des têtes énormes, grimaçantes, enfermées dans des boîtes, et posées sur tous les frigos, tous les buffets, ou dans toutes les armoires de France, celles aux portes qui grincent ou leurs répliques modernes avec des charnières silencieuses et des plateaux mobiles, des têtes accrochées, dans les lieux publics, à des bras articulés, ou négligemment posées sur la moquette des mezzanines. Mais un jour, la décapitation passe de symbolique à réelle. Patrick l'a vécu. Il est monté dans l'ascenseur de TF1, avec l'audimat désastreux de la veille affiché à côté des boutons, comme on monte à l'échafaud.

Quelques semaines plus tard, le 20 heures de TF1 s'ouvrait sur la terrible nouvelle : l'hélicoptère de Patrick – appelé ainsi à devenir l'un des principaux mythes de la télévision française, et presque un autre Balavoine – venait de s'écraser contre le cirque de Baume-Rousse, au-dessus de Buis-les-Baronnies.

2

Sébastien était confronté à un dilemme. Devenu l'assistant de Véronique, il apprenait, en accéléré, le métier de producteur. Il était en même temps prisonnier de l'une des pires impasses du paysage audiovisuel français : *La chance aux chansons*, diffusée quotidiennement à 15 h 30, le plus mauvais des horaires possibles, faisait systématiquement des audiences inférieures aux feuilletons de l'après-midi de TF1 et de M6, et ne devait ses 15 % de part de marché, disaient les mauvaises langues, qu'aux téléviseurs des maisons de retraite : c'était l'émission devant laquelle, statistiquement, on avait le plus de chance de mourir.

Ce qui était peut-être souhaitable : floutée, diffractée ou fanée, l'image subissait, en régie, l'équivalent télévisuel de la cataracte sénile. Les roses des fonds bavaient sur les violets des robes, le micro en argent de l'animateur flamboyait comme un chandelier, les projecteurs n'en finissaient pas d'imiter, comme de filandreuses guimauves, des couchers de soleil interminables – on aurait dit une machine à barbe à papa filmée au ralenti. Le pire étant ces chanteurs en gros plan mis en médaillon dans un coin de l'écran pendant les plans larges, plus gênants encore, plus kitsch que des visages sur des tombes. L'animateur, qui surgissait en régie à la moindre interruption pour préciser un effet ou demander plus d'aura autour de son visage, plus de feu dans les tenues des danseurs, se revendiquait pourtant, en esthète, de l'avant-garde cinématographique turinoise, d'Andy Warhol ou du dernier Clouzot.

Observant Gilbert Montagné interpréter au piano son plus célèbre tube, *Les sunlights des tropiques*, depuis les écrans de la régie, qui faisaient pleuvoir sur lui un cyclone de couleurs pastel dont il aurait été l'œil impassible, Sébastien s'était dit, un jour, que c'était peut-être ainsi que les aveugles se représentaient l'univers visible.

C'était la première fois que Sébastien réalisait que la télévision pouvait être considérée comme un art, et il s'étonnait en même temps de le trouver si moche. La forme en était cependant parfaitement adaptée au contenu : toute autre façon de filmer la nostalgie amoureuse du vieillissant C. Jérôme eût été déplacée :

Oui, Jérôme, c'est moi, non je n'ai pas changé…

Et Sébastien ne pouvait s'empêcher de continuer la chanson à voix basse, avec toujours un peu d'avance, il était trop peu sensible au rythme, trop impatient pour attendre la suite des paroles – il se dit d'ailleurs que ce serait une bonne idée d'émission, entre le *blind test* et le karaoké : la musique s'interromprait, et le candidat devrait proposer la rime suivante. Inutile d'en parler à

Pascal, qui ne ratait jamais une occasion de rappeler à Véronique qu'elle venait du répugnant univers du jeu télévisé. Il nota le concept dans son petit carnet noir : « karaoké + blind test : ? » – le point d'interrogation ne signifiant pas qu'il jugeait le concept douteux, mais qu'il cherchait déjà à quel animateur l'associer.

Sébastien finit par apprécier la variété, qu'il connaissait jusque-là assez mal, et essentiellement à travers les grésillements de l'autoradio de la 4L familiale. Il se surprit même à repenser à Nathalie, la première fille qu'il avait voulu embrasser, en entendant Gilbert Bécaud évoquer sa jolie guide :

La place rouge était vide...

Cependant C. Jérôme, Gilbert Bécaud, c'était là des invités de prestige ; le quotidien était peuplé de demi-anonymes dont on n'était pas sûr qu'ils rempliraient encore des salles dans des galas en province – alors l'animateur était plus nerveux, comme agacé d'être entouré non plus de stars, mais de personnages qui ressemblaient au chanteur qu'il serait devenu s'il n'était pas entré à la télévision pour devenir l'irascible pilier des après-midi languissantes.

Si Sébastien dut à la légendaire amitié entre l'animateur et le président d'avoir été exempté in extremis de service militaire, il sut très vite, cette fois, où se trouvaient la machine à café et la photocopieuse.

Il assistait, entre deux missions urgentes, aux répétitions depuis la dernière rangée du public, apprenant à connaître toutes les petites manies, toutes les fragilités, tous les vices des vedettes de la variété française. C'était lui, silencieux et attentif, que Véronique dépêchait en catastrophe, en l'appelant dans son casque, pour résoudre les innombrables crises des journées d'enregistrement, comme quand Pascal Sevran avait quitté le plateau en hurlant, furieux, et frôlé le justaucorps d'une choriste qui s'était ouvert sur le côté, et que le chanteur invité s'était montré un peu trop empressé à aller la secourir, ou quand l'explosion d'un projecteur avait laissé une chanteuse un peu oubliée, mais qui s'était crue soudain dans *Bodyguard*, en proie à une crise de tétanie sur la petite scène. Il avait fallu aussi gérer une affaire de cocaïne cachée dans les cuivres de l'orchestre, la tentative de suicide d'un assistant qu'on avait retrouvé après le déjeuner à moitié pendu à une poutrelle triangulaire F33 – le médecin qu'on avait fait venir en urgence avait ironisé sur le fait que dans la classification des maladies, F33 désignait le trouble dépressif récurrent. Et Sébastien s'était alors dit que la classification de Véronique, d'après les sept péchés capitaux, manquait un peu de précision.

Lui-même, quotidiennement exposé aux humeurs explosives de l'animateur, n'était pas certain de vouloir le réduire à la colère. Mais il est vrai que Sébastien avait la vertu, par sa seule présence, et son professionnalisme jamais pris en défaut, d'apaiser celui-ci – il semblait que Pascal Sevran redevenait, face à lui, le doux jeune homme qu'il avait été jadis, quand il écrivait des chansons pour Dalida en rêvant au prix Goncourt, comme il le lui avait raconté cent fois.

L'animateur l'avait invité un soir à dîner au Grand Véfour avec Charles Trenet, privilège très rare, que même Véronique n'avait jamais eu – Charles Trenet était l'auteur de la chanson qui avait donné son titre à l'émission, et qui passait pendant son dégoulinant générique.

La discussion, qui avait jusque-là un peu traîné, en était arrivée à la question, qui rendait le plus rapidement l'animateur furieux, de savoir si la chanson était un art mineur. Mais Sébastien aurait plutôt aimé avoir son point de vue sur la télévision.

C'était Trenet, contre toute attente, qui devait ce soir-là lui donner satisfaction.

— Je suis une sorte d'ancêtre, je le sais bien. J'appartiens à cette génération qui, la première, a pu laisser des traces de sa voix, la première génération à avoir cruellement appris que cette voix n'est pas exactement la sienne – cette voix qu'on est les seuls à connaître, et qui mourra avec nous. J'aime penser, cependant, dans mes moments de faiblesse, que c'est avec cette voix que nous échangerons entre nous, quand nous nous retrouverons au paradis. Car je vais vous dire, mon petit (et il se tourna vers Sébastien :) je n'ai pas peur de la mort. Tant que vous ne touchez pas, cher Pascal, à notre merveilleux générique ! Cela m'amuse d'être aujourd'hui associé à la télévision. J'ai connu mes plus grands succès avant elle, puis j'ai eu la chance, oui, la chance, de la voir apparaître. C'est rare, dans une vie, de voir un art nouveau apparaître. La radio n'en a jamais été tout à fait un, ni la chanson, d'ailleurs, sa vieille complice : des arts mineurs, mon cher Pascal, même si je sais que vous n'aimez pas que je dise cela. La télévision, j'étais là à ses débuts, je me souviens de la frayeur des exploitants de salles de cinéma, de celles du monde du music-hall, du café-concert, du cabaret. Nous avons été, nous autres chanteurs, le média dominant. L'esprit du temps nous a quittés. Il est peut-être passé des champions de la scène aux animateurs de la télévision. Je ne me vante pas, jeune homme, l'année de ce triomphe me l'interdit, mais si vous m'aviez vu chanter *Douce France* en 43 aux Folies Bergère… Je ne me vante pas, non, c'était le contexte qui voulait ça, mais je crois qu'aucun des villages libérés par les Américains ne ressentit le dixième du bonheur que je vis ce jour-là sur les visages du public. Nous ne faisons rien que des chansons, pour notre malheur, mais pour notre bonheur, c'est tout ce dont les gens se souviennent, au bout d'un certain temps. Que resterait-il, encore, du Front populaire sans la chanson *Y a d'la joie…*

— Tu ne dis pas tout, cher Charles. Tu as aussi eu ce coup de génie, il y a dix ans, et qui relevait, je m'en souviens, d'un vrai courage, car nous étions peu, alors, à te soutenir, d'offrir ta chanson à Badoit, pour leurs spots publicitaires. Et tu as ainsi su conquérir toute une nouvelle génération. Sébastien, tu les connais, bien sûr, ces publicités ?

— Évidemment. Il y a aussi je crois l'une de vos chansons dans *Tintin au pays de l'or noir* ?

— *Boum !*

Le vieux chanteur avait tapé avec une force prodigieuse sur la table, faisant un instant craindre à Sébastien d'avoir commis un impair.

— *Boum*, évidemment ! reprit Trenet en souriant.

Même si Hergé, contrairement à Badoit, l'a empruntée à titre gracieux.

— Vous diriez que la télévision est un art majeur ? osa Sébastien.

— C'est incontestablement le grand art d'aujourd'hui. Pour elle, nous avons accepté, nous autres chanteurs, de nous mettre à la variété – la variété qui n'est que la soumission de la chanson à ses impératifs esthétiques. Mais même réduite aux dimensions d'une boîte à chaussures, d'un théâtre de papier, la télévision reste le seul équivalent contemporain de l'opéra. Un opéra qui cherche encore sa forme, sans doute. Cependant je n'oublierai jamais la première fois que je me suis vu par une fenêtre, en marchant sous la pluie, dans l'écran blanchâtre d'un téléviseur : quel bonheur insensé !

— Mon projet, justement, l'interrompit à nouveau l'animateur, c'était que la variété, l'espace d'un après-midi, redevienne de la chanson.

Tout cela commençait à agacer Sébastien, que la subtile différence entre chanson et variété intéressait assez peu. Il pensa à ces fortunes rapides qu'avaient pu faire, autrefois, un Eddie Barclay, un Bruno Coquatrix ou un Paul Lederman, et il regardait avec dépit le visage bouffi du vieillard mastiquant avec application les boulettes de mie qu'il avait fait tremper dans la sauce de son canard, sans toucher à celui-ci. L'animateur, lui, parlait très fort, comme si le restaurant entier désirait participer à leur discussion – Sébastien, qui savait d'expérience comment ses états de frénésie finissaient, se demandait sur quel serveur éclaterait bientôt sa colère. Et cela renforçait encore son sentiment de lassitude.

Mais il eut finalement sa réponse, au milieu des colonnes d'un petit péristyle, à la sortie du restaurant, pendant que l'animateur finissait de payer à l'intérieur :

— Je perçois chez vous, jeune homme, un formidable désir de beauté. Et je ne peux que vous encourager : la télévision, c'est l'art non encore fixé. Qui saura lui donner sa forme adulte et réflexive ?

Le vieux chanteur disparut à ces mots dans une voiture, et Sébastien perçut un instant, dans l'humidité hivernale, la possibilité d'une communion plus complète avec les choses.

Le dilemme qui lui était apparu, dès l'instant où il avait rejoint le présentateur de l'après-midi, devenait de plus en plus insistant : il avait fait le choix, inexcusable, du passé et du kitsch, et il craignait que le futur s'écrive sans lui.

Le premier projet de Sébastien en arrivant à Paris avait été de devenir le Ardisson des années 90. Avec l'arrêt de *Lunettes noires pour nuits blanches* et de *Double jeu*, l'échec de *Télé Zèbre*, l'homme en noir, si habile à incarner les années 80, avait manqué le tournant des années 90. Non que Sébastien, ou personne d'autre, sache déjà à quoi la dernière décennie du siècle devait ressembler – sinon à autre chose qu'à une boîte de nuit parisienne, depuis qu'avec la mort de Gainsbourg, et le suicide de Patrick, celles-ci avaient perdu deux de leurs principales attractions. Comme un signe, un passage de relais, Ardisson était d'ailleurs la première célébrité que Sébastien avait croisée dans la rue par hasard : le voir remonter la rue Saint-Jacques en scooter, en grillant les feux successifs, sans casque et une cigarette à la bouche, cela resterait longtemps l'image la plus nette qu'il aurait de la liberté. Il avait aussi lu quelque part que l'animateur était du sud de la France, de Nice ou de Montpellier – même le *Who's who*, entre les deux éditions qu'il avait consultées, se contredisait. Mais le Provençal en lui avait bien repéré, notamment dans sa façon de dire « putain », les traces d'un accent héroïquement dompté.

Sébastien avait regardé, pendant son dernier hiver dans la Drôme, l'émission rétrospective que l'animateur s'était offerte, et cela avait été comme son premier apprentissage de la vie parisienne. Le générique de *Bains de minuit*, qu'il avait enregistré et qui montrait une jeune femme se dévêtir progressivement avant de plonger, nue, dans la piscine des Bains Douches, avait servi, pendant des mois, d'unique support à ses masturbations, tandis que l'omniprésence des perruques poudrées, des robes décolletées, des chandeliers et des coupes de champagne était venue lui confirmer que Paris flottait encore dans cette atmosphère délicatement Régence qu'il avait découverte dans les clips de Mylène Farmer, ou dans leur parodie par les Inconnus, avec à la fois un excès de tissus, presque de l'ordre de la mousse, et des aperçus soudains, furtifs et profonds, sur la nudité la plus étincelante.

Le quartier du Sentier, où il louait désormais un studio, réalisait à sa manière ce double fantasme : par la nudité abondante des prostituées de la rue Saint-Denis, comme par les sacs remplis de chutes de tissus qui s'amoncelaient en fin de journée sur les trottoirs.

Sébastien avait pourtant mis du temps à apprivoiser son nouvel environnement. Il avait ainsi pris les mezouzas de ses voisins pour une variante de l'un des cadeaux promotionnels de son père, après l'année des calendriers : de petits thermomètres adhésifs à fixer n'importe où – il était seulement surpris qu'on les ait systématiquement collés à l'oblique. C'était son voisin de palier qui lui avait expliqué la nature rituelle de l'objet, comme le fait qu'on était alors, encore très largement, dans un quartier juif. Sébastien avait bien aperçu, de la fenêtre de sa salle de bains, qui donnait sur une cour intérieure, un vieux tailleur juif qui travaillait jusque très tard le soir, dans son minuscule atelier – le seul de ses voisins qui n'avait visiblement pas la télé.

Un lundi où il ne travaillait pas, Sébastien avait passé la journée à la fenêtre de son studio, cherchant à comprendre le fonctionnement secret de la capitale, là où il était encore visible, dans cette ultime enclave industrielle. Il savait la faiblesse de son capital de départ, qui tenait à peu près aux huit chiffres du numéro de Véronique, qu'il appelait, rituellement, tous les dimanches soir, depuis une cabine de la rue Réaumur, pour savoir s'il travaillait le lendemain. Véronique lui avait confirmé la veille qu'on n'enregistrait rien dans la semaine, alors il avait longtemps regardé le mystérieux manège des livreurs de tissus, l'échelon le plus bas de la hiérarchie du Sentier, avec une mélancolie qui s'apparentait à de l'envie : c'était ainsi, peut-être, que tout finirait pour lui, ou plutôt qu'il recommencerait à monter un à un les échelons de la fortune, si son rêve télévisuel s'interrompait, en poussant d'abord ces lourds rouleaux de matière première dans les ateliers, puis en chargeant des cartons de produits finis dans des camions, et faisant enfin rouler, d'un bout à l'autre du passage du Caire, des portants remplis de produits d'exposition.

Il devait justement recroiser, ce jour-là, son voisin de palier dans les escaliers, alors qu'il était sorti acheter *L'officiel* pour se donner au moins l'impression qu'il profitait des plaisirs de Paris. Celui-ci montait des cartons et Sébastien lui avait spontanément proposé de l'aider – il avait gardé, en plus de son accent, un côté boy-scout qui détonnait un peu dans la ville anonyme. Le poids de ces cartons l'avait cependant surpris, ce qui avait amusé son voisin, un jeune homme assez beau, avec les cheveux longs et noirs, qui se nommait Philippe.

— Non, je ne suis pas dans la confection ! Ce sont des cartons de livres. Un ami de mes parents qui travaillait au ministère de la Culture, et qui vient de mourir, sans héritier. Il faut tout vider chez lui. Je t'emmène demain, si ça t'intéresse. J'ai pris les livres d'art. Ça pèse une tonne, et il en reste plein.

Philippe fit visiter son appartement à Sébastien : cela faisait le double de chez lui, mais il n'y avait aucun meuble, pas même une télé. Une cafetière et des plaques électriques posées dans un coin. Des pots de confiture « Bonne Maman », qui devaient servir de verres, posés sur un évier en inox, des ampoules simplement entourées de gélatine rouge – signe qu'il fréquentait le monde du cinéma ou de la télévision –, un portant, sans doute récupéré dans la rue, comme ces sacs de tissus, qui faisaient office de fauteuils. Et partout – Sébastien, gêné, était obligé de marcher dessus – des livres par centaines.

— Tu as lu tout ça ?

— Je lis et je ne lis pas. Des pages aux hasards. Je pense que la culture doit se confondre avec la vie, ou bien elle ne vaut rien. Je n'aime pas les musées et les bibliothèques. Je préfère piétiner un livre, plutôt qu'être piétiné par lui. Tiens, tu tombes bien, toi !

Il avait ramassé un livre, en apparence au hasard, et l'avait tendu à Sébastien.

— Cadeau. Le livre est pas mal, mais je préfère le film.

Sébastien lut le titre : *La société du spectacle*.

— C'est sur le monde de la télévision ?

— C'est sur le monde en général *en tant que télévision*, sur la transformation du capital en image et des images en drogues hallucinogènes.

— Je vais le lire.

Et Sébastien, qui n'avait pas lu un livre depuis le collège, tint parole, à la grande surprise de Philippe, qui, lui, ne l'avait en définitive jamais ouvert, et qui affirmait, en véritable dandy, que les livres importants, comme en leur temps la Bible ou *Le Capital*, tenaient leur valeur de ce que, précisément, personne ne les avait lus.

Son voisin lui avait également fait fumer un peu d'herbe, tout en faisant tourner le dernier vinyle de NTM sur sa platine – Sébastien ignorait et l'existence de ce groupe et le fait qu'on presse encore des vinyles. L'herbe, en se mêlant à la musique, que Philippe avait poussée si fort qu'on entendait tous les craquements du disque, l'avait mis très mal à l'aise – il avait cru voir le toit de l'immeuble exploser au-dessus de lui – et il avait préféré disparaître chez lui, avec le livre de Debord. Livre qui avait eu la vertu inattendue d'unifier les éléments séparés de sa vie, en reliant pour la première fois tout ce qu'il avait appris du monde dans un récit cohérent – et encore mieux que les pages en accordéon de son plan comptable : ces humbles livreurs dans la rue et les techniciens un peu hautains de la télé, les tissus en velours qu'ils transportaient et les effets qu'on appliquait là-bas en postproduction, les sacs de chutes de tissus et les pages de publicité qui présentaient la vie humaine sous des aspects tout aussi fragmentaires, mais encore plus soyeux. Le monde était pure surface, pure texture, mais on sentait pourtant en dessous d'elle des forces inexprimables. La mode était l'un des noms de ses forces, comme l'était le capital ou le spectacle, un rapport entre les choses qui donnait l'illusion d'une profondeur infinie – Sébastien avait visualisé le passage du Caire, qui reliait entre elles toutes les rues du Sentier, qui les tenait comme une main, tout en en proposant une version amplifiée et rendue à ses seules fonctions commerciales. Mais tout cela n'était encore qu'un agencement précaire de la surface des choses – et Sébastien s'était vu marcher au-dessus de ses verrières fragiles comme sur l'eau d'une rivière gelée. Puis le monde entier, dans sa vision, devint un immense manteau de fourrure, dont il était, comme une pièce de monnaie dévaluée, prisonnier de la doublure. Son cœur accéléra soudain et il se mit à étouffer ; il était maintenant dans la scène de torture au drap mouillé du *Petit soldat* de Godard – c'était l'unique film qu'il était allé voir depuis qu'il était à Paris, un jour où son absence de culture l'avait embarrassé, vis-à-vis de Véronique et de Pascal. Et ce qui l'avait marqué, justement, c'était l'assurance du couple, devant lui, qui était revenu sur cette scène en sortant du cinéma, le jeune homme décrétant que c'était la plus intéressante variation sur « le voile de Véronique » qu'il avait vue. Tout cela participait du même spectacle, dont le Paris de 1994 n'était que le visage éphémère – la face hagarde et menacée du temps. Sébastien n'était pas sûr, à cet instant, qu'il était plus vivant que ces costumes qu'il voyait passer le jour dans la rue sur des portants à roulettes – il s'était souvenu, aussi, de cette veste à sequins vert bouteille, dont il avait rapidement effleuré la manche, la faisant virer au bleu comme une peau de caméléon, et qu'il avait revue, quelques mois plus tard, sur les épaules d'un des invités – ce genre de magie, le livre de Debord le rendait explicable : il existait, sous le monde des hommes, l'immense masse noire d'une nuit omnisciente, mais qui brûlait d'exister à travers les yeux des hommes.

Il s'était mis alors à transpirer et le miroir de sa salle de bains lui avait renvoyé une image dangereusement fantomale. Il parvint à retrouver un rythme cardiaque normal en fixant le vieux tailleur qui continuait, comme toutes les nuits, à faire glisser des morceaux de tissus sous sa machine à coudre, et pour se calmer complètement, il referma le livre de Debord, qu'il n'ouvrit plus jamais – mais qu'il ne rendit pas à Philippe –, lui préférant la lecture, plus apaisante, d'un vieux *Télé 7 Jours*, dont il se mit à parcourir, scrupuleusement, les pages câbles et satellites – il se targuait de connaître la totalité des programmes hertziens, et réservait en général ces pages, plus exotiques, à ses nuits d'insomnie. Car il avait laissé sa télévision chez ses parents, ayant entendu à plusieurs reprises des animateurs ou des producteurs se vanter de ne jamais la regarder.

Cela ne l'empêcha pas, le lendemain, alors qu'il accompagnait son voisin dans l'appartement de la place d'Aligre, situé dans un étonnant immeuble moderne en hémicycle, pour une ultime razzia littéraire, de prendre possession de la totalité de la vidéothèque. Quinze ans de télé étaient stockés là dans des cassettes VHS sur lesquelles étaient apposés de petits adhésifs indiquant le titre et la date de l'émission : Bêtisier de la Une, 31 décembre 1987 ; Adieux de La Cinq, 12 avril 1992 ; JT mort Balavoine, 15 janvier 1986 ; *Envoyé spécial* Chute du Mur, 16 novembre 1989 ; JT mort Coluche, 19 juin 1986 ; *La télé des Inconnus*, 19 mars 1990 ; *Tempête du désert*, JT 17-18-19 janvier 1991 ; Mort Bruno Carette, 9 décembre 1989 ; JT Mont Sainte-Odile, 21 janvier 1992.

Plutôt que de dépenser une fortune en taxi, Sébastien emprunta un diable à un livreur de sa rue, et remonta le tout dans son studio sous les yeux consternés de son voisin.

— Mais qu'est-ce que tu vas faire de tout ça ! Un remake de *Vidéodrome* ?

La seule réponse qu'avait trouvée Sébastien pour se justifier, c'était d'invoquer un prétendu projet artistique – ce que Philippe jugea suffisamment satisfaisant pour arrêter de se moquer de lui. Et il ne lui en coûta que le contenu d'une VHS, qu'il avait soigneusement déroulée dans son appartement, posant sur les volutes qu'il en avait fait jaillir une plaque de verre trouvée dans la rue : « Je ne sais pas encore si j'en ferai des meubles ou des tableaux. » Philippe, qui mettait Philippe Starck au même plan que Jeff Koons, promit d'acquérir indifféremment l'un ou l'autre.

Sébastien devait en réalité acheter dès le lendemain, au Darty de la Madeleine, un combiné télé-magnétoscope cubique, qu'il ne chercha même pas à relier à sa prise hertzienne, mais dont il fit un usage intensif, regardant jusqu'à trois ou quatre cassettes de deux cent quarante minutes par jour. Il revit ainsi tous les *Champs-Élysées*, tous les *Sacrée soirée*, tous les *Sébastien, c'est fou* ! de son enfance et de son adolescence. Mais il s'intéressait aussi aux publicités, aux bandes-annonces fugaces d'émissions disparues, aux bulletins météo des jours passés, qui s'étaient retrouvés par hasard sauvés là du néant.

Philippe lui apprit, quand Sébastien confessa timidement sa passion pour les publicités anciennes, que Thierry Ardisson était le créateur du slogan grégorien de la publicité pour le Chaussée aux Moines.

Il fréquentait d'ailleurs quantité de pubards ambitieux et mélancoliques, qui rêvaient d'écrire des romans ou de révolutionner l'histoire de l'art, et dont il présenta quelques spécimens à Sébastien. L'un d'eux fabriquait, pour les gros plans des publicités télé, de faux aliments en résine dont Philippe vantait la ressemblance avec les vanités des anciens peintres. Un autre concevait, pour les publicités de produits d'entretien, les taches et les brûlures les plus abominables qu'on pouvait imaginer – « les tests de Rorschach du capitalisme avancé » –, mais qu'un simple coup d'éponge suffisait à faire disparaître.

Philippe frappa un jour à sa porte et lui dit d'un air détaché :

— J'ai une soirée coke chez Corbier, du *Club Dorothée*. Tu m'accompagnes ?

Sébastien ne put s'empêcher de sourire, de sourire si bêtement qu'il en rougit aussitôt : cette phrase, qui l'aurait effrayé quelques mois plus tôt, lui procurait, à cet instant, une joie irrépressible – c'était le mot de passe, le signe qu'il était enfin arrivé à Paris et passé de l'autre côté du décor.

Philippe avait remarqué son trouble.

— C'est toute la mythologie du nez de Dorothée qui s'effondre pour toi ?

L'animateur habitait dans une petite maison, au fond d'une impasse du XXe. Le jardin était rempli de gens connus, ou aspirant à le devenir.

— Regarde-les tituber sur leur fil...

— Quel fil ?

— Un fil de nylon invisible, qui passe quelque part entre nos jambes. Ici, nous sommes tous des funambules, entre *has been* et *wannabe*. Tout le jardin est piégé, et la maison encore plus. Viens, allons repérer les lieux.

Dorothée et Ariane venaient de repartir, mais Sébastien reconnut Carlos et Jacky dans l'entrée, ainsi qu'un membre des Musclés dans la cuisine. Il y avait aussi, dans le salon, Johanna et José, d'*Hélène et les garçons*, dont la seule présence suffisait à frapper d'irréalité la pièce – et l'entrée anodine de Marc, des *Filles d'à côté*, prit l'aspect d'une transgression majeure.

— Très brechtien, n'est-ce pas ? J'adore venir ici, pour ce genre de spectacle.

Sébastien n'était pas sûr d'avoir compris la référence, et Philippe eut la politesse de lui expliquer.

— Bertolt Brecht. Le théâtre. La distanciation, le quatrième mur. Le moment où le public réalise qu'il *est* le spectacle.

Sébastien sembla alors comprendre quelque chose.

— C'est parce que ces personnes nous sont familières qu'il est précisément étrange de les voir.

— Pas mal ! Tiens, j'ai un autre sujet de réflexion pour toi : tu connais la différence entre le cinéma et la télévision ? Au cinéma ce sont des célébrités qui jouent les anonymes, à la télé ce sont les anonymes qui deviennent des célébrités.

— Ça me fait penser à un autre paradoxe qu'on rencontre dans les jeux, et qui fascinait Patrick : plus un candidat gagne, plus il revient, plus le public l'adule. Mais il existe un mystérieux point de bascule, où le public se met à le haïr, car il a perdu son aura d'anonyme. Il faudrait réussir à conserver le plus longtemps possible la fraîcheur de l'anonymat. Inventer des stars dont le métier serait d'être anonyme…

— Seul l'abbé Pierre a réchappé à la malédiction, en fait.

— Comment ça ?

— Il a lancé Emmaüs à partir de ses gains à un jeu radio de type *Quitte ou double*, et il arrive apparemment à concilier notoriété et humilité… À ce propos : tu joues au poker ? J'ai vu Azoulay passer dans l'escalier : ça doit jouer gros, ce soir.

— Azoulay ?

— Le A de AB Productions, incorrigible provincial !

C'est lui qui produit tout ça. Le *Club Dorothée*, les Musclés, *Hélène et les garçons*… Et qui non seulement les produit, mais qui écrit aussi les dialogues. Et les musiques des génériques – il vient du monde de la musique, c'est l'ancien secrétaire de Sylvie Vartan ou de Carlos, un truc comme ça. En réalité, c'est, à lui tout seul, presque l'équivalent français d'un studio hollywoodien de la grande époque. Un producteur artiste, une sorte de David O. Selznick ou de Samuel Goldwyn – à la française, évidemment ! Mais, et c'est ce qui fait le charme du personnage, lui, il y croit complètement : ne va surtout pas lui dire que ce n'est pas de l'art ! Il prétend d'ailleurs que le A de AB, c'est aussi le A de art, et le B, celui de business, pour son partenaire, Claude Berda, l'ancien roi du blue-jean de Saint-Tropez.

— Il est là ?

— Non. Lui est très discret. L'exact opposé d'Azoulay, qui continue à tout faire, en homme-orchestre, alors qu'il est richissime. On dit que c'est lui, le véritable directeur des programmes de TF1. Et de très loin l'homme le plus puissant du PAF. Il y a même une légende selon laquelle il se serait fait construire une villa directement sur le toit de son studio de la Plaine-Saint-Denis, pour tout contrôler. Le dernier nabab. Et il serait sur le point de lancer un « bouquet satellite ». Un satellite entier pour diffuser les amours d'Hélène. La poubelle de l'espace ! En même temps, on n'a peut-être rien vu d'aussi ambitieux depuis l'*Iliade* : *Déesse, chante-nous la colère d'Achille, ce fils de Pélée.*

Ils passèrent à l'étage, où des invités consommaient de la drogue dans la pénombre des lampes de chevet.

Quelqu'un tendit un disque à Sébastien, qui l'inclina pour en regarder la pochette, faisant tomber sur la moquette les trois lignes qu'on y avait minutieusement assemblées. Il s'excusa, terriblement gêné ; c'était le CD jaune et bleu d'*Allô allô monsieur l'ordinateur.*

— Montons encore. Ça doit être en haut.

— Je ne sais pas jouer, pour répondre à ta question...

— Je te montrerai. Et tu entreras si tu le sens. Tu as du fric ? La cave doit être à deux cents balles.

— La cave ?

— La totalité de tes jetons. Je peux te les avancer. Tu vas voir, il y a en général pas mal d'argent sur la table, Azoulay est plutôt généreux avec ses équipes. Mais pas avec les inconnus comme nous, alors attention à toi.

Une place se libéra, et Philippe s'installa entre deux acteurs du *Collège des cœurs brisés*, que TF1 venait de déprogrammer – Sébastien, il en avait un peu honte, avait autrefois admiré leur destin, il avait cru, depuis sa Drôme natale, que ces jeunes acteurs vivaient le rêve éveillé du show-biz à son intensité maximale.

Le producteur, que Sébastien osait à peine regarder, distribuait les cartes. Philippe toucha un sept et un deux dépareillés.

— La plus mauvaise main du poker, souffla-t-il à Sébastien, en jetant ses cartes.

Il participa la fois suivante à plusieurs tours d'enchères, avec une paire de valets, et fut seulement battu sur la *river*, par l'apparition d'un 8 qui donna la victoire à une comédienne blonde qui portait un grain de beauté au-dessus de la bouche – encore une héroïne de la sitcom interrompue. Elle plaisait beaucoup à Sébastien, qui eut la déception de la voir partir sur un tapis malheureux.

— Prenez place, jeune homme, ne restez pas dans l'ombre !

Sébastien s'assit, timidement, pas certain d'avoir eu le temps de tout comprendre.

— Mais je vous connais ! Vous étiez le *schpountz* de notre regretté Patrick, avant de devenir le mignon de Pascal !

Sébastien vit la jolie comédienne se retourner vers lui, avant de disparaître dans le couloir – et c'est à son intention, aussi, qu'il répondit au producteur avec un calme qui l'étonna lui-même :

— Il n'y a que les mondains qui ne se croisent jamais.

La phrase lui était venue toute seule, il avait entendu un mototaxi la dire à une voiture qui lui avait coupé la route, un jour qu'il avait dû apporter en urgence son passeport à Patrick, bloqué à l'aéroport.

Le producteur ne put qu'acquiescer, en connaisseur, au bon mot de son adversaire : c'était, pour Sébastien, une première victoire. Il regarda ses cartes et misa le tiers de ses jetons. C'était une entrée en matière étonnante, et Philippe lui fit discrètement signe d'y aller doucement.

— Pas de signes, s'il vous plaît, pas de signes !

— Je me couche, de toute façon, répondit Philippe.

— Moi, j'ai bien envie de suivre : voyons ce que notre joli petit Provençal a dans le ventre.

Un 7, un 4 et un 6 tombèrent. Sébastien relança – il était presque tapis, et Azoulay fut le seul à le suivre. On découvrit un 3. Sébastien posa ses derniers jetons,

Azoulay le suivit et retourna ses cartes : un 5 et un roi qui lui donnaient la suite. Sébastien dévoila un 7 et un 3 dépareillés, qui lui faisaient une double paire.

— Surprenante façon de jouer.

Mais la dernière carte, un troisième 7, offrit le full à Sébastien, qui s'était déjà levé, ignorant que le full battait la suite, et qu'il avait gagné – il choisit néanmoins pour ne pas se ridiculiser, à l'heure de son fragile triomphe, de ne pas revenir à la table.

— Étonnante stratégie…

Le producteur paya de bonne grâce les deux cents francs qu'il lui devait, et Sébastien alla attendre dans le jardin que Philippe redescende – après avoir en vain cherché la comédienne dans toutes les pièces de la maison.

— Tu lui as fait bonne impression, apprit Philippe à Sébastien quand il le rejoignit enfin.

— Tiens, voilà tes deux cents francs. L'autre billet, je crois que je vais le garder : ce n'est pas tous les jours qu'on bat le plus gros producteur de Paris !

Il ne revit la comédienne que des années plus tard, invitée par Ardisson, qui s'étonnerait cruellement qu'en dépit de sa beauté incontestable elle ait trouvé très peu de rôles après la disparition du *Collège des cœurs brisés*, pas plus au sein de la galaxie AB que dans des productions plus traditionnelles.

— Est-ce que vous avez l'impression d'être passée à côté de votre carrière, Éléonore ? lui avait demandé l'homme en noir.

Philippe fit découvrir à Sébastien un autre livre qu'il jugeait essentiel à son apprentissage du monde, un livre paru dix ans auparavant mais dont Philippe jurait que, malgré son évanescent sujet, il n'avait pas vieilli : « L'équivalent, pour la France des années Mitterrand, de *La démocratie en Amérique* de Tocqueville, ou des *Mythologies* de Barthes, le sens profond de ce qu'on voit tous les jours à nos fenêtres, le sens de l'histoire enfin révélé, ou plutôt accompli. Ce que ce livre raconte, c'est qu'on ne sera plus jamais ni une victime de la mode, ni un bourreau de l'histoire, mais qu'on est pour la première fois en mesure de choisir intégralement son destin. » C'était sans doute beaucoup, s'était dit Sébastien, pour un livre modestement intitulé *Les mouvements de mode expliqués aux parents*.

— Tu verras, c'est archi-précis et encore exhaustif, même aujourd'hui. Mais ce que les auteurs ne pouvaient pas voir, c'est que tous ces types disparates se rattachaient en réalité à un seul archétype : les « vus-à-la-télé ». Du dernier savetier du Morvan, celui qui passe en boucle dans le 13 heures de Pernaut, à la faune hyper lookée qui tourne autour des défilés de mode, en espérant qu'une caméra les repère, les « vus-à-la-télé » sont partout, et ils entretiennent, de façon maniaque, leur singularité. Alors qu'au fond ils jouent tous le même personnage, celui de l'invité insolite, du témoin providentiel, du vainqueur par K-O à l'épreuve du micro-trottoir. Le candidat idéal de ce jeu télévisé qu'est devenue la société française. Il n'y a plus de sociétés secrètes à la Balzac dans le monde d'aujourd'hui : la télé ferait aussitôt un reportage sur elles, comme sur les boîtes échangistes ou les dessous du Crazy Horse, sur France 3, à tous les Noëls. À moins que la seule société secrète, ce soit désormais la télévision elle-même.

Sébastien, pas tout à fait convaincu, se contenta de regarder le passage de l'un des trois auteurs dans l'émission *Apostrophes*, en 1984. Les catégories qu'il distinguait étaient amusantes : le minet-pop, le décadent, le néo-BCBG, la *majorité silencieuse* – genre dans lequel il n'était pas certain de ne pas devoir se reconnaître.

Il finit par lire la page « Le dandy rive droite », dont Philippe se vantait d'avoir été l'inspirateur principal.

Le dandy rive droite aime mettre de l'argent dans ses fringues, mais comme il n'en a pas toujours, il peut rester des semaines en robe de chambre, sans sortir de son appartement. En cela il sera toujours plus cultivé que ses grands ennemis, les dandys rive gauche : ceux qui se montrent au Flore, et qui écrivent des livres, quand lui se contente d'en lire, et considère qu'il est de toute façon plus honnête de gagner de l'argent dans un PMU qu'à l'université. D'ailleurs, le dandy rive droite ne craint rien ni personne, sauf la rive gauche : il pourra passer plusieurs années sans franchir la Seine. Seules exceptions : une fête souterraine organisée dans les Catacombes, ou la réception d'un valeureux hussard à l'Académie française. Mais son hussard préféré sera toujours celui qui se sera tué en voiture en fuyant ce genre de mondanités pour la Normandie. La Normandie où vit son écrivain préférée, Françoise Sagan. Et pas plus qu'il ne franchit la Seine, il ne franchira là-bas la Touques, la rivière qui sépare Deauville de Trouville, la ville de Sagan de celle de Duras : ce genre de voyage à travers les pièges de la France politique ou du Paris littéraire, il en connaît les dangers, et il les laisse à Camus. Il sait de toute façon qu'une bonne émission de télé marquera plus ses contemporains qu'une Pléiade posthume, et il fait sien l'adage selon lequel on ne peut pas tout réussir, sa vie et ses dîners en ville.

Philippe lui avait expliqué la méthode des auteurs qui s'étaient postés à quelques terrasses stratégiques du quartier des Halles pour observer la foule des banlieusards, des Parisiens et des touristes qui venaient s'hybrider ici. Il lui avait aussi expliqué l'effet Casimir, qui permettait d'appréhender le centre commercial à la manière d'une machine démente, quantique, capable de faire sortir du vide historique toutes sortes de particules humaines chargées de signes, de récits et de symboles tribaux. Il lui avait enfin parlé de la fin de l'histoire, de Baudrillard, de McLuhan et de Maffesoli – mais Sébastien ne l'écoutait plus, depuis qu'il avait à son tour tiré sur le joint que Philippe lui avait tendu, et qu'il avait imaginé un énorme Casimir sorti du Forum des Halles pour dévorer la foule. Quand il reprit le fil de la conversation, Philippe évoquait le triomphe des reality-shows, suite logique de ce processus de démocratisation générale, de libération des forces individuelles : que ce soit dans *Perdu de vue*, *Témoin numéro 1* ou *La nuit des héros*, on assistait au remplacement des célébrités à l'ancienne par la grande tribu des anonymes : « *Télérama* déteste ça, c'est toujours bon signe », conclut-il avec un sourire ironique.

Mais Sébastien ne partageait pas tout à fait cette analyse, et la jugeait même contradictoire : les reality-shows ne mettaient pas en scène le triomphe des individus, plutôt leur écrasement permanent sous le poids des faits divers, des hérédités désastreuses ou des accidents innombrables. Il se rappelait ainsi cette femme hurlant à ses enfants, dans une reconstitution particulièrement réaliste, qu'ils allaient avoir un accident, en perdant le contrôle sur une route de montagne qui longeait un ravin. Les reality-shows, ce n'était pas un genre qu'il affectionnait – il préférait les paillettes au sang, et voulait que la télé, plutôt que de copier la laideur du monde, en améliore le rendu, en pousse légèrement les couleurs – Sevran l'avait sans doute plus marqué qu'il voulait bien l'admettre. Il appréciait peu, par ailleurs, la figure lourdement compatissante de Jacques Pradel, et ne pardonnait pas à Laurent Cabrol d'avoir délaissé les belles cartes bleutées de la France de *1, 2, 3 Soleil*, qui avait réinventé et éditorialisé la météo de France 2 en lui donnant l'aspect d'une émission autonome enfin détachée de la lancinante course du soleil et de la forme toujours recommencée des nuages, pour présenter *La nuit des héros* – devenue *Les marches de la gloire* après son transfert sur TF1.

— Tu défends le service public, toi, maintenant ? avait ironisé Philippe, qui jalousait parfois l'individualisme farouche de Sébastien, et qui avait su voir, derrière sa trop évidente naïveté provinciale, la ferveur décomplexée de son arrivisme.

— Non, ce que je veux dire, c'est que les reality-shows me semblent aller dans la bonne direction, mais qu'il faudrait leur enlever leurs aspects tragiques : il faudrait regarder la vie des gens comme une comédie. Et cela irait bien avec tes théories sur la mode et sur la liberté :

il faudrait enfermer des gens dans une pièce, sans savoir qui ils sont, sans qu'ils se connaissent entre eux, et voir comment ils interagissent – voir comment ils vont s'inventer des personnages.

— Cela ne me semble pas idiot. À deux détails près : tu as déjà entendu parler de Jean-Paul Sartre ? Et tu as déjà entendu parler du CSA ?

Sébastien avait d'autres idées, soigneusement consignées dans son petit carnet noir, dont une qui concernait Philippe, mais il attendit quelques jours pour lui en parler. Ils étaient alors aux Puces de Saint-Ouen, au milieu des vieilles consoles Atari, des premiers visiophones et des Minitel éventrés, à chercher des piles de vieux magazines télé, quand il se lança, après que Philippe s'était une nouvelle fois moqué de l'étrange passion de son ami pour les archives télévisuelles.

— Tu veux vraiment créer un musée de la télévision dans ton studio ?

— Pas précisément, non. Mais je me dis que ce qui manque, à la télé, c'est une émission patrimoniale – quelque chose d'un peu plus construit que les bêtisiers de Noël.

— Comme ton horrible machin, *La chance aux chansons* ? Tu fais quoi, d'ailleurs, là-bas ? J'oublie toujours de te le demander.

— Je suis chargé de production. Concrètement, ça veut dire que c'est moi qui remplis la feuille de service, avec les horaires de tournage, les noms des participants, qui fait quoi, quelle maquilleuse est disponible. Je commande aussi les taxis, et j'édite les feuilles de paie.

— C'est pas la chaîne qui fait ça ?

— C'est compliqué. Certaines choses sont du ressort de la boîte de production de ma boss, Véronique, d'autres, comme le salaire de Pascal, viennent de France 2.

— Pascal Sevran est salarié ?

— C'est tout le sujet. Moi je pense qu'il devrait être son propre producteur. Mais c'est un peu compliqué, pour le moment. À la fois parce que ça n'intéresse pas Pascal, et parce qu'on est dans le service public. Même si, oui, c'est la tendance que pousse la nouvelle direction.

— Elkabbach ?

— Exactement. Du coup, c'est le moment idéal pour se lancer. Je viens de monter ma propre boîte de production, il ne me reste plus qu'à trouver mon animateur.

— Ah ! Je te souhaite bonne chance ! Bienvenue dans la fosse aux crocodiles ! Tu as pensé à qui, pour te manger la main ?

— À toi. Le Ardisson des années 90.

La réaction de Philippe fut décevante :

— Tu as quoi ? Vingt ans ? Et tu veux réinventer la télévision française à toi tout seul ? C'est pas un peu trop ambitieux, mon cher Rastignac ? Tu fais des feuilles de paie, pour l'instant, je te le rappelle. C'est quoi, le plan, tout de suite ? continua-t-il en riant. On appelle qui, en premier, Mougeotte ou De Greef ? Ou directement Le Lay et Lescure, voire carrément Martin Bouygues, Jacques Toubon ou Balladur ?

— Drucker. On va voir Drucker.

— Cohérent, ton plan de carrière. C'est pile la catégorie au-dessus de Pascal Sevran : tu veux faire de moi le joker d'été de *Stars 90* ?

— *Stars 90* s'arrête, Drucker revient à la rentrée sur la 2, avec un talk-show, *Studio Gabriel*. Et oui, j'avais bien pensé à toi, pour y faire une sorte de chronique mondaine, à la fois intello et décadente, sauf qu'apparemment leur casting est complet : ils ont pris le fils de Jean-Pierre Castaldi. Mais je voulais parler de l'autre Drucker, Jean, le frère, le patron de M6.

— « La petite chaîne qui monte. »

— Justement. Ils sont curieux, et plus agiles que les autres. Drucker est prêt à nous rencontrer la semaine prochaine. Un quart d'heure. C'est ma boss qui m'a arrangé le coup – contre une participation de 50 % dans la société que je viens de créer, Sud Production.

— J'entends les cigales d'ici.

— Tu ne me demandes pas quel est le concept qui m'a valu de nous décrocher un rendez-vous avec un directeur de chaîne ?

— Et toi tu ne me demandes pas si je suis d'accord ?

— C'est ton rêve, non, de faire de la télé ?

— Mais bordel, c'est dans la Drôôôme (il avait contrefait un mauvais accent provençal) ou en arrivant à Paris, que tu as appris ces mauvaises manières ?

— Ce ne sont pas de mauvaises manières. Je négocie. Et ce que j'ai à te vendre pourrait bien te rendre millionnaire, et te permettre de t'acheter un hôtel particulier sur l'île Saint-Louis, juste pour te payer le luxe de ne pas le meubler.

L'idée de l'hôtel particulier et des millions lui était venue comme ça, à cause de la séance photo qu'il avait organisée la veille avec Pascal Sevran, quai d'Orléans, pour disposer d'un peu de matériel presse, en vue des dix ans de l'émission. Le photographe avait eu quelques minutes de retard, et l'animateur, qui l'en avait tenu pour responsable, l'avait violemment pris à partie : il était définitivement temps de changer de travail.

— Je suis désolé, Sébastien, mais je ne vais pas t'accompagner à ton rendez-vous. Tu trouveras un autre Parisien acide pour polir ton image de gentil provincial. J'ai moi aussi mes petits secrets, et ma petite ambition. Je viens d'accepter un poste de chroniqueur à la rentrée, sur Canal. J'ai déjà passé des essais vidéo, ce sera une chronique sur l'art, au sens large, dans la nouvelle première partie de *Nulle part ailleurs*.

— Tu vas te faire, quoi ? Des cachets à cinq cents balles, quatre fois par semaine, des livres gratuits et des projections de presse ? Quoi qu'on t'ait proposé, je sais que tu vaux plus cher que ça.

— Parce que je suis ton voisin ? Tu me rappelles ce type, à l'armée, qui était tombé amoureux de la première pute qu'il avait sautée.

— Et qu'est-ce qu'il est devenu, ton type ?

Philippe se tourna vers Sébastien, en lui présentant un visage que celui-ci ne lui connaissait pas, un visage d'une candeur enfantine.

— Ce type, c'était moi, il est devenu chroniqueur télé, et il se pourrait bien qu'il n'ait jamais eu d'autre rêve.

Sébastien repensa à la fin du portrait du dandy rive droite :

Cynique, souvent roublard, parfois opportuniste, il pourrait vous surprendre, cependant, par la manifestation spontanée de son désintérêt, au moment le plus critique : c'est que sa morgue, venue tout droit de son vieux fond chrétien, dissimule un véritable mépris pour le monde et pour ses grandeurs passagères. Le dandy rive droite est au fond un être farouche, car il ne possède rien d'autre que le souci de son âme.

3

Sébastien était terriblement embarrassé : le rendez-vous qui devait lancer sa carrière de producteur était dans quatre jours, et il avait perdu son animateur. L'urgence première consistait cependant à se rendre à l'INPI, place de Clichy, pour y déposer une enveloppe scellée, avec un descriptif de son projet :

Concept d'émission audiovisuelle intitulée : La communion cathodique.

La communion cathodique *se veut à la fois une émission d'archives, et une émission de plateau. Un ou plusieurs invités seront amenés, par l'animateur et/ou les chroniqueurs, à raconter leurs souvenirs télévisuels, qui feront l'objet d'une illustration d'archives, avec leur tête en médaillon, pour suivre leur réaction à ces images qu'ils n'auront souvent pas vues depuis des années, et qui les replongeront, et le public avec eux, dans leur enfance télévisuelle. Une séquence intitulée « Le baptême warholien » leur permettra aussi de revoir leur premier passage télé. Une autre séquence leur permettra de revenir sur l'événement de leur choix, et pourquoi pas de piéger l'animateur ou les chroniqueurs, en diffusant des moments gênants de leurs carrières respectives. Émission de divertissement patrimonial,* La communion cathodique *fera l'objet d'une diffusion hebdomadaire en* prime time.

Sébastien referma soigneusement l'enveloppe et la confia à un guichetier qui lui tendit un récépissé. Puis il se fit remettre une autre enveloppe, qu'il rendit vide, quelques instants plus tard, au même guichetier : ce serait ce récépissé-là qu'il donnerait à Véronique, comme preuve de ce qu'ils partageraient bien les droits de la future émission.

Restait maintenant la question de l'animateur. Sébastien s'était alors souvenu d'une phrase de sa prof de gestion, au lycée, selon laquelle, aux États-Unis, les chasseurs de têtes recrutaient directement sur les marches des tribunaux de commerce les entrepreneurs en faillite : *soit je réussis, soit j'apprends.* L'équivalent télévisuel des marches du tribunal de commerce, c'était les émissions non reconduites à la saison suivante, celles dont les animateurs, un instant propulsés sur les plateaux, retournaient dans le monde inférieur de la radio. Sébastien établit une liste de quatre ou cinq noms, et passa son week-end à faire la navette entre l'œil géant de RTL, rue Bayard, et les studios d'Europe 1, rue François-Ier – mais ni Philippe Bouvard, qu'il avait vu rentrer dans sa Rolls avec chauffeur, ni Jean Roucas, qu'il avait vu filer dans un taxi, n'étaient dans sa liste, et Sébastien avait raté Pierre Bellemare à quelques secondes près, sans trouver de taxi pour le prendre en chasse. Il en aurait presque pleuré, rue Goujon, en passant devant la sinistre chapelle qui rendait hommage aux victimes de l'incendie du Bazar de la Charité.

Il décida, le lundi, en désespoir de cause, d'attendre tout près de chez lui, rue Greneta, la sortie du matinalier de Skyrock, récemment chassé de la première chaîne où son émission de la nuit « drôle et sexy » avait peu convaincu.

C'était l'une des nombreuses théories de Philippe : neuf fois sur dix, les animateurs avaient l'air plus petit en vrai qu'à l'écran, et neuf fois sur dix, c'est ce à quoi on résumait, à ses amis, sa rencontre avec une célébrité de télé ; la dixième fois étant pour ajouter que ladite célébrité était *vraiment sympa, pas du tout prise de tête.* Alors, que David puisse être grand, Sébastien ne l'avait tout simplement jamais imaginé. Il faillit ainsi ne pas le reconnaître :

— David, David ! Je peux avoir un autographe !

— Bien sûr. Tu t'appelles comment ?

— Sébastien. Et j'ai rendez-vous dans une heure au siège de M6, avec le président, pour lui vendre un concept d'émission révolutionnaire. Je vous raconterai dans le taxi, on a juste le temps. Je ne vois pas qui d'autre que vous pourrait la présenter.

— C'est une caméra cachée ?

— Non ! C'est une émission patrimoniale de première partie de soirée ! Taxi !

David ne sut jamais ce qui le poussa à monter dans le taxi : l'enthousiasme du jeune homme, la fatigue du matin, la lassitude soudaine d'avoir eu à prendre les éternels mêmes auditeurs au standard, pour leur refaire des blagues quasi identiques à celle de la veille. Et ce mot « patrimonial », sans doute, qui tranchait trop avec l'allure de ce jeune homme fluet en col roulé noir pour qu'il n'y ait pas là un mystère à éclaircir ; l'idée enfin de se venger de TF1, qui l'avait évincé, après seulement quatre diffusions, à cause de ses audiences trop faibles, en déclarant que son émission relevait « de l'accident industriel » – la phrase du P-DG avait eu son petit succès dans la presse, et donné à son humiliation une publicité inattendue, pour quelque chose qui se jouait en général de façon beaucoup plus feutrée, entre les audiences affichées dans l'ascenseur, le bureau panoramique du quatorzième étage et la presse spécialisée. *Télérama* et *Libération* avaient adoré ce terme d'« accident industriel » : enfin la première chaîne avouait sa nature bassement comptable et cyniquement industrielle, enfin le groupe Bouygues soldait le mythe scandaleux de la « plus-value culturelle », argument qui lui avait permis d'acheter la chaîne, à sa privatisation, en 1987.

Lancée la même année, M6 avait le même âge, mais pas les mêmes moyens : ce fut en résumé ce que Sébastien s'entendit expliquer par Jean Drucker. Son concept était bon, excellent même. Mais c'était une émission de plateau, quelque chose de cher à fabriquer, sans compter tous les droits de diffusion : seule une chaîne avec un gros catalogue d'archives pouvait se le permettre.

— C'est si cher que ça ?

— Notre INA est riche.

Et puis M6 avait vocation, c'était dans son ADN, de faire de la contre-programmation : *Madame est servie* en face du 20 heures, *Capital* en face du film du dimanche soir. Ce que le P-DG ne disait pas, c'est qu'on enchaînait ensuite sur *Culture Pub* et le film érotique : de l'argent jusqu'au sexe, c'était la séquence idéale. Sébastien, comme un téléspectateur sur dix, ne voyait vraiment pas ce que *Ghost* ou *Le dernier métro* aurait pu lui apprendre de plus. *Capital* était d'ailleurs de loin son émission préférée, quand il vivait dans la Drôme : le paradis pour un comptable. Tous les prix étaient visibles, la TVA déduite, les marges bénéficiaires incrustées à l'image. À quel prix fallait-il vendre une salade dans les gares, pour demeurer bénéficiaire, malgré le coût de la redevance, et jusqu'à combien d'ingrédients gratuits pouvait-on monter pour affoler la concurrence ? C'était précisément le genre de question que Sébastien s'était toujours posé. Il aurait adoré régner sur le monde recomposé des salades de gare, comme il aurait adoré travailler pour *Capital*, et c'était peut-être là l'instant idéal, au moins pour une candidature spontanée, puisque son concept d'émission tombait visiblement à l'eau : il n'aurait pas été le premier provincial à revoir ainsi ses plans à la baisse, un an après sa montée à Paris. Il tint bon, pourtant, et sut négocier l'épreuve des quelques secondes de silence que lui fit subir le P-DG. Il se dit que c'était exactement cela, qu'il le testait, qu'il testait son impatience de réussir et sa ténacité.

— J'entends vos arguments. Je crois que nous avons tous les deux les mêmes atouts et les mêmes handicaps : nous sommes un peu jeunes, encore, pour les émissions patrimoniales. Mais nous ne pouvons pas toujours laisser aux vainqueurs le droit d'écrire l'histoire !

Cette dernière inspiration, il la devait à Philippe :

c'était là une de ses expressions préférées, et si Sébastien n'avait jamais vraiment réfléchi à son sens, il était certain d'en faire ici le meilleur usage.

— Incontestablement, jeune homme, incontestablement ! C'est drôle car cette même phrase, un journaliste autrement plus aguerri que vous l'a prononcée dans ce même bureau la semaine dernière. Il voulait me vendre une émission de *décryptage* des médias, un autre type d'émission d'archives, qu'il avait en vain tenté de refourguer auparavant à Canal + – le *décryptage* contrevenant un peu trop frontalement à leur modèle économique. Je préfère largement votre concept au sien : je le trouve plus bienveillant, plus fédérateur, moins excluant. Mais je vous le redis : en l'état, nous sommes trop petits pour lui. Je peux peut-être vous aider, cependant, je connais encore du monde sur le service public. Et je dois vous le dire : le choix de David est excellent. J'ai suivi ses récents déboires, et je les ai trouvés particulièrement injustes : il apportait à la télé un ton nouveau, irrespectueux, sans être clivant. Ni trop TF1, ni tout à fait Canal.

— C'est exactement pourquoi j'ai tout de suite pensé à lui, plutôt qu'à un de Caunes, ou qu'à un Dechavanne.

Dechavanne : c'était en réalité son premier choix, mais il n'avait jamais réussi à dépasser le standard de Coyote Production, et sa Ferrari, la seule fois où il avait réussi à le croiser, l'avait laissé sur place – à peine son conducteur avait-il levé un sourcil méprisant à l'intention de ce petit Provençal qui avait osé l'alpaguer en pleine rue à la sortie de son donjon vitré de Boulogne. David ignorait cela, bien sûr. Muet depuis le début de l'entretien, il se contenta d'ailleurs de rougir légèrement, sans réaliser tout à fait la grossièreté de la scène : on parlait de lui comme s'il n'était pas là, on négociait sa valeur par-dessus sa tête. Ce serait lui, au final, qui ferait vendre des yaourts et des voitures, mais on se passait très bien de son avis. Et au fond, cela n'avait pas l'air de le déranger, c'était ce que Sébastien était en train de constater. David était bien le meilleur des choix : jamais Philippe n'aurait toléré ce genre de situation, et il se serait déjà levé dix fois pour expliquer le sens de la vie au patron de la chaîne – lequel aurait probablement adoré se faire si brillamment maltraiter, avant de poliment l'éconduire. L'animateur semblait même, à ce stade, être si peu doté d'amour-propre que Sébastien se demandait si la théorie des péchés capitaux de Véronique n'était pas ici mise en échec : les yeux de David n'exprimaient même pas l'envie. Mais ce manque d'expression, retravaillé par l'antenne, serait un jour, Sébastien en fut soudain persuadé, un irrésistible appel à la sympathie : on avait là un futur vainqueur des Sept d'or, catégorie meilleur animateur, la nouvelle égérie des magazines vendus aux caisses des supermarchés – il avait l'air si gentil, et si candide, quand il souriait, que les Français en feraient assurément leur nouveau labrador. Ce serait eux qui auraient irrésistiblement *envie* de lui.

— Je vais vous donner quelques contacts, déclara Jean Drucker en se levant. Elkabbach, je crois, n'a pas peur de la jeunesse. Vous verrez ça avec mon secrétariat. Mais une dernière chose : il faudra adjoindre à David, pour ratisser le plus large possible, et bien au-delà de la génération *Club Dorothée*, un vieux de la vieille, un grand témoin de l'ORTF, quelqu'un qui viendra raconter, tout le monde adore ça, les fois où de Gaulle appelait directement pour passer un savon au patron de la chaîne : un Guy Lux, un Dumayet, un Pierre Sabbagh, s'il est toujours en vie. Ou pourquoi pas un Tchernia.

— J'avais pensé à Pierre Bellemare.

— Il présente un téléachat : oubliez ça. Pour un animateur, c'est encore pire que la mort. Tchernia, votre génération connaît au moins sa voix, par les *Astérix*. Oh, et changez de nom ! On ne parle pas de Dieu à la télévision française, jamais : c'est un média intrinsèquement séculier.

David était, dès le taxi du retour, *OK à 200 %*. Et les modalités de leur association furent négociées aussitôt : ils coproduiraient la future émission, et David prendrait 60 % de la boîte de production – puisque c'est lui qui apporterait la mise de départ, grâce à l'argent que lui avait versé TF1 à la rupture de son contrat.

— Tu l'as déjà montée ? lui demanda David, étonné. Comment elle s'appelle ?

— Nord Production.

Leur poignée de main, à l'arrière du taxi, fut un peu timide et inconfortable ; le chauffeur les regarda bizarrement dans son rétroviseur.

Restait à évincer Véronique et à laisser mourir Sud Production.

Un rendez-vous avec France 2 avait été pris pour le mardi de la semaine suivante : il était hors de question que Véronique y participe, et Sébastien se surprit à prier à voix basse, comme il ne l'avait plus fait depuis la nuit où il avait entendu ses parents évoquer la faillite. Sébastien retrouva Véronique dans un bar lounge de la rue Tiquetonne, décidé à lui dire que cela s'était mal passé chez M6, ce qui était d'une certaine façon la vérité, et à improviser pour la suite.

Les reflets de la banquette lui communiquaient un teint violacé, et atténuaient l'effet pétillant de son collier multifruits. Elle avait manifestement pleuré.

— Qu'est-ce qui se passe ? C'est Pascal ? Qu'est-ce qu'il t'a encore fait ?

— Pascal, non. Pascal, je le range du côté des gentils, maintenant que j'ai rencontré mon cancérologue. Cancer du sein de stade 3, avec métastases. Les deux. Tu sais le plus rageant et le plus con ? C'est que ça fait des années que je me vante de mes petits seins fermes, et que je drague en prenant la main des mecs, comme ça...

Malgré le contexte, Sébastien ne put réprimer une forte érection, mais n'osa pas retirer ses mains.

— Tu seras le dernier à les avoir touchés.

Il se demanda, embarrassé, si elle allait lui demander de faire l'amour avec elle.

— J'ai rendez-vous pour une double ablation mardi prochain.

C'était providentiel.

— Tu vas rater le rendez-vous avec France 2.

— Je sais. J'ai eu Jean au téléphone. Il était hyper enthousiaste, et désolé de pas pouvoir te soutenir plus. Tu aurais dû me dire que tu avais mis David dans le coup. Tu sais que Pascal l'adore, et qu'il le veut absolument avec lui pour sa grande émission de Noël ?

— C'est pas Drucker qui la fait cette année ?

— Il est de retour sur le service public, mais il est

encore en disgrâce. Pascal a compris qu'il avait un coup à jouer – et il veut le jouer bien.

— Un petit coup de jeune.

— À ce propos, Jean était très intrigué par ton âge. C'est probablement ton plus gros handicap, à ce stade. Je suis désolée de ne pas pouvoir être là mardi.

— Ça fait mal ?

— Allons à ton studio, s'il te plaît, j'ai envie de parler de tout, sauf de ça.

Sébastien bandait beaucoup trop pour marcher normalement. Et il avait peur, s'il mettait son sexe sur le côté avec sa main, d'éjaculer tout de suite.

— Viens aux toilettes, je vais te prodiguer les premiers secours.

L'avantage des bars lounge, c'était incontestablement le confort et la propreté de leurs toilettes. Sébastien s'était à peine adossé contre le carrelage noir que Véronique lui avait baissé le pantalon, et il avait à peine fermé les yeux qu'il avait joui dans sa bouche incroyablement chaude.

— Le mec qui ne perd pas son temps. J'aime bien. Ça va avec le personnage.

Sébastien avait soudain beaucoup moins envie de voir Véronique débarquer chez lui – et l'idée qu'elle croise Philippe lui était particulièrement désagréable. D'un autre côté, ça réglerait la question de sa virginité, sujet sur lequel Philippe le taquinait souvent. Et s'il lui offrait ça, il aurait sans doute moins de scrupules à la trahir.

Il lui prit la main en s'engageant dans la rue Dussoubs, qu'il avait préférée à la rue Montorgueil, plus passante, et ils rejoignirent son studio de la rue d'Alexandrie par le passage du Caire – l'excitation revint devant une boutique de mannequins, quand Sébastien réalisa que toute cette nudité longtemps fantasmée serait à lui dans quelques minutes.

Véronique monta la première le petit escalier, où Sébastien commença à lui caresser les fesses – l'odeur d'herbe et les fortes basses indiquaient que Philippe était chez lui, mais probablement peu disposé à venir les déranger. Véronique se déshabilla aussitôt et Sébastien, plus gêné, l'imita, tout en fixant ses seins avec une nostalgie un peu inappropriée. Ils s'installèrent sur le matelas, où Véronique le reprit un instant dans sa bouche, juste pour vérifier qu'il était bien rétabli. C'est seulement alors qu'elle remarqua le mur de cassettes.

— La télévision française a de la chance de t'avoir, au fond. Tu es peut-être la seule personne que j'ai rencontrée, dans ce milieu, à témoigner de plus de ferveur que de cynisme.

Sébastien lui sourit tristement.

— Tu es bon, d'ailleurs, dans ton travail. On verra où ton ambition te porte. Nous porte, si je survis à cette merde. Tu pourras jouir sur mes seins, s'il te plaît. Je ne sais pas, un remède miracle, du sperme de jeune Provençal...

Sébastien était maintenant en elle, et il n'oublierait jamais cette sensation de délicate conformation de la membrane liquide à son désir : une furtive impression de perfection, d'adéquation idéale. Le sentiment qu'il existait, de l'autre côté de la peau, bien plus que des organes : une cosmologie nouvelle.

Il jouit sans parvenir à en savoir beaucoup plus.

Ils passèrent le reste de l'après-midi et la soirée à refaire l'amour et à se raconter les secrets de leur vie amoureuse : lui, qu'elle venait de le dépuceler, elle, qu'elle avait eu au moins cent amants, et quatre grands amours, hélas mariés, violents, drogués ou mythomanes, et tout ça mélangé à des degrés divers – clairement, constata-t-elle, j'ai un type, et mon type ne m'aime pas.

Sébastien lui parla aussi de son projet, déjà presque abandonné, de devenir animateur.

— Tu en as les épaules, ou plutôt l'absence d'épaules, si tu permets. J'ai remarqué, à force, qu'il y a presque un physique pour les animateurs. Des créatures fragiles, aux épaules étroites, et plutôt minces. Regarde Dechavanne, Gildas, Chiabodo.

— Vandel, Vecchi, Pivot.

— Bouvard.

— Non, pas Bouvard !

— Mais si : il est minuscule. La même taille que Pascal, je crois. Toi, tu mesures combien ?

— Un mètre soixante-dix-neuf.

— Format Collaro, Ardisson ou Debanne. Quasiment ce qu'on a de plus grand.

— Il y a une raison fondamentale ? Des questions d'échelle, de perspectives ?

— J'invoquerais plutôt un dévoiement du darwinisme. Un retour à l'anguille, l'anguille électrique : tu verras, plus c'est petit, et plus c'est méchant.

— Et tu achèterais, toi, un animateur avec l'accent du Sud ?

Elle se mit sur lui et fit lentement osciller son bassin jusqu'à ce qu'il soit suffisamment dur pour revenir en elle.

— À condition qu'il soit très méchant.

Il jouit presque aussitôt et put parfois se dire qu'il n'avait fait qu'obéir à l'injonction de Véronique, qu'il ne rappela jamais – même pas pour savoir comment s'était déroulée l'opération.

Sébastien passa les jours suivants à tenter de se vieillir, en y investissant ses derniers cachets d'intermittent du spectacle : d'abord en remplaçant ses cols roulés, inspirés de ceux d'Ardisson, par un costume légèrement trop large, puis en se faisant teindre les cheveux en gris, en achetant des lunettes sans monture, comme il en avait vu porter à tous les cadres de télévision, et en faisant enfin l'acquisition d'un Bi-Bop – il était loin encore de la Mazda MX5 équipée d'un radiotéléphone de son associé, mais il s'en rapprochait rapidement.

Pierre Tchernia, officiellement retraité depuis son Sept d'or d'honneur de 1990, était prêt à reprendre du service : l'ancien *Monsieur Cinéma* acceptait de devenir « Monsieur Télévision » et de jouer le rôle d'encyclopédie vivante de ce qu'il appelait, pompeusement, le *huitième art* – moins un rôle, d'ailleurs, qu'une seconde nature. Ce serait ce jour-là, dans ce café de la place Victor-Hugo, que les deux associés entendraient pour la première fois cette anecdote, qu'il répéta des dizaines de fois ensuite – au point qu'il fallut souvent la couper au montage – de ce défilé du 14 Juillet pendant lequel un hélicoptère en vol stationnaire en face des tribunes projeta sur les officiels le crottin précédemment déposé là par les chevaux de la garde républicaine : « Il fallait voir Malraux, Peyrefitte, Chaban et Debré secouer leurs programmes, autour d'un de Gaulle impassible : c'était hilarant ! » Et David était effectivement hilare, comme il le serait chaque fois qu'il réentendrait l'anecdote en plateau : il était difficile de ne pas l'aimer, tellement il était facile d'être drôle en sa présence, tellement il mettait d'enthousiasme dans la moindre de ses interactions sociales.

Alors que le concept de « bon client » commençait à se répandre, passant du champ des seuls professionnels au grand public, à mesure que les animateurs n'hésitaient plus à présenter ainsi certains de leurs invités, particulièrement des comiques, comme Patrick Timsit, Laurent Baffie ou Élie Semoun, dont on attendait moins qu'ils viennent pour faire leur promo que pour gratifier les plateaux de leurs reparties cinglantes, David représentait, où qu'il se trouve, le bon client absolu : il égayait tout de sa présence, une terrasse du 16e arrondissement comme un plateau de télé, un studio de radio comme la réunion annuelle des résultats d'une chaîne – il devait ainsi arriver, quelques mois plus tard, avec un tee-shirt « Danger : accident industriel en cours » à la grand-messe de France Télévisions, en janvier 1995. Il serait alors devenu intouchable.

À le voir aussi à l'aise partout où il passait, à voir surtout la façon dont le succès le rendrait sympathique, dont ses excellentes audiences généreraient l'euphorie autour de lui, dont il transformerait la moindre poignée de main en coït narcissique, Sébastien se demanderait souvent quel autre métier celui-ci eût pu exercer, dans un monde où la télé n'aurait pas existé. Il se souviendrait toujours de la mue à laquelle il avait assisté, entre son rapt de la rue Greneta, sa timidité dans le bureau du patron de M6, et sa soudaine assurance, telle qu'elle s'était manifestée pour la première fois, en présence de Tchernia, ou dès le lendemain dans le bureau du directeur des programmes de France 2 : c'était comme si la télé avait réparé quelque chose en lui, comme si son âme n'avait jamais eu d'autre occasion d'être entière – complétée, peut-être, par les millions d'yeux qui n'allaient plus dorénavant le lâcher. Sans que jamais, c'était cela aussi qui devait impressionner Sébastien, il n'éprouve de sentiments paranoïaques, sans que jamais il ne devienne non plus cynique – comme Philippe pouvait l'être. Il resterait, au contraire, pendant des années, l'associé idéal, une machine à fric sans affects négatifs, et passant seulement, au gré des diverses émissions qu'il animerait ou des femmes qu'il épouserait, des triples cerises au triple 7, des triples étoiles au triple jackpot. Et Sébastien, parfois, repensait à la vieille terreur de Patrick pour la case banqueroute, case dont David semblait ignorer jusqu'à l'existence depuis que Sébastien lui avait permis de relancer sa jeune carrière un temps compromise par les bêtises émoustillantes de son émission de la nuit : cette courte séquence de seins nus avait failli le tuer, et il garderait désormais à l'antenne une bienséance absolue, qui le rendait aussi rassurant, aussi transgénérationnel que ses héros de la défunte ORTF. La seule catastrophe qu'il était capable d'envisager, ce serait son éviction de l'antenne : c'était d'ailleurs dans ces circonstances que Sébastien l'avait recueilli, en lui faisant la promesse implicite que cela ne se produirait plus jamais.

Et cela ne se produisit jamais plus.

France 2 s'était montrée tout de suite emballée, mais raisonnablement, en repoussant à octobre l'achat d'une saison entière, en exigeant le tournage de plusieurs pilotes et en se réservant le droit d'ajouter alors des clauses d'audience assez sévères, au vu des faibles références du duo que le jeune producteur formait avec David. La chaîne leur avait aussi adjoint un producteur délégué, qui avait exercé des fonctions identiques auprès du Ardisson de la grande époque, mais cela avait rapidement tourné à leur avantage. Sébastien l'avait en effet laissé reconstituer sa *dream team* pour les fonctions les plus stratégiques, en lui accordant par exemple de négocier lui-même le salaire, monstrueux, du réalisateur, qui portait une Rolex Pepsi et qui ne se déplaçait jamais sans son équipe rapprochée, son assistant, sa scripte, sa monteuse, son chef machino et ses trois cadreurs. Sébastien, qui lui avait délégué l'opérationnel pour se concentrer sur les aspects comptables, comprit rapidement qu'ils reversaient tous une partie de leur salaire au producteur délégué, censé pourtant être *les yeux de la chaîne* dans la boîte noire des quotas d'émissions qu'une loi antimonopole lui enjoignait de produire en externe.

— Je ne vais pas toucher à ta petite combine, même si elle me coûte exactement un pour cent de mon chiffre d'affaires. J'ai là un dossier (Sébastien sortit de son bureau une pochette colorée au hasard) qui peut te coûter non seulement ta réputation dans le métier, mais aussi de sérieux ennuis judiciaires. Ce que je te demande, en échange, c'est de couvrir ma marge opérationnelle. Et tu vas m'y aider. Je veux qu'entre ce que nous donne la chaîne, et ce que l'émission nous coûte réellement, on fasse une culbute de 200 %, minimum.

L'une des principales astuces de Sébastien pour arriver à un tel niveau de rentabilité fut de cumuler lui-même, au moins au début, le rôle d'archiviste, de rédacteur en chef et de programmateur. La première émission de *Triple 7* – c'était lui, aussi, qui avait trouvé ce nom : la télé de sept à soixante-dix-sept ans – serait ainsi comme un voyage dans sa propre enfance, à la fois réelle et telle qu'il l'avait reconstruite a posteriori : tout était là, de Nicolas et Pimprenelle à Casimir, du « au revoir » de Giscard au « bonsoir » de Clavel, de Gainsbourg qui n'en finissait pas de se consumer à l'URSS qui était presque morte de froid, de la France apeurée de Gicquel au calme imperturbable de Monsieur Cyclopède, du sketch du permis de conduire de Jean Yanne à l'incessant pédalage des Shadoks, des inénarrables interventions de Papy Mougeot dans *Le Schmilblick* à la surréaliste visite guidée de Montcuq. Daniel Prévost, l'auteur de cet inoubliable sketch, figurait d'ailleurs parmi les invités de l'émission, avec Valérie Lemercier, aux savoureuses apparitions dans *Palace*, et Victoria Abril, récemment passée d'Almodóvar à Jugnot. Le chanteur Dave complétait ce premier panel d'invités quasi irréprochables – son interprétation finale de son tube proustien de 1975, *Du côté de chez Swann*, permit de conclure l'émission sur une note populaire et savante, qui décida Sébastien à en reprendre le thème pour le générique de l'émission.

Ce premier pilote, tourné en plein été, fut jugé si bon qu'il gagna le droit d'être diffusé tel quel. France 2, ce qui n'était plus arrivé depuis *La nuit des héros*, fit ce soir-là une audience supérieure à TF1, ainsi que tous les autres samedis soir de l'automne. Elkabbach ne voulut jamais croire que Sébastien n'avait que vingt ans, et n'en revenait pas du coup de génie qu'il avait eu de lui faire aussi insolemment confiance, en achetant, pour une somme record, une année d'émissions.

La nostalgie télévisuelle qui déferla soudain sur la France, Sébastien en était l'inventeur. C'était à lui et au foudroyant succès de *Triple 7* – qui mérita bien son quatrième sept, un Sept d'or, l'année suivante – que la France dut sa sortie définitive des années 80, et son entrée, enfin, dans les années 90. Des années marquées, déjà, avec le générique anxiogène d'*Envoyé spécial* et les gyrophares glacés des scènes de reconstitution des reality-shows, par un goût retrouvé du sérieux, par un retour en grâce des genres intransigeants du reportage et du documentaire, des années blotties contre le réel à la peau froide et aux vêtements mouillés. Si ces années savaient déjà de quoi elles avaient peur, des abysses du *Grand Bleu* et des yeux froids de Jacques Perrin dans *Le château des oliviers*, des films de Kieślowski sur la mort et de l'agonie de La Cinq, elles n'avaient pas encore découvert ce qu'elles voulaient aimer, et dans quels types d'extases télévisuelles elles voulaient se réfugier, en attendant la grande remise à plat de l'an 2000 – c'était les années *cocooning*, quand l'achat d'un magnétoscope, d'un appareil à fondue et d'une infinité de coussins et de petites lampes opalescentes en forme de galets chez Ikea, qu'on disposait un peu partout pour atténuer les effets stroboscopiques terrifiants du réel sur les écrans des téléviseurs, suffisait à amollir et à ensoleiller les derniers dimanches pluvieux du siècle.

La télévision n'était pas tout à fait à la hauteur de ce qu'on aurait pu attendre d'elle – trop violente, pas assez messianique : il y avait eu la guerre en Yougoslavie, les morts de Bérégovoy et de Senna, les catastrophes de Furiani et de Vaison-la-Romaine, cela aurait été dommage de finir le siècle et le millénaire, avait expliqué Sébastien à Elkabbach, sous le coup d'une inspiration subite, sur ces tonalités exclusivement grises – et Elkabbach retraduisit la chose, à destination de sa tutelle, en parlant du service public comme d'un *paradis rousseauiste*.

Certes, il y avait eu peut-être les tentatives acidulées des sitcoms AB Productions sur la Une, les Dragibus resucés jusqu'à la transparence des clips de l'après-midi sur M6, les arcs-en-ciel passagers des vidéodisques, les vestes orange de Vincent Lagaf', le plateau en bois précieux des *Grosses Têtes*, mais tout cela manquait un peu d'âme, ou plutôt tout cela donnait à la dernière décennie du siècle une teinte automnale dont Sébastien sut extraire la nostalgique essence, en offrant aux téléspectateurs le souvenir d'un monde plus ancien et plus beau, plus pérenne et plus joyeux : ces théâtres de papier, c'était dans leur propre enfance que Jean-Christophe Averty les avait découpés, ces perles de l'ORTF c'était dans leur mémoire qu'on les avait recueillies, ces complots des rois maudits, ces roulades de Thierry la Fronde, ces effronteries de Coluche, ces regards caméra de Denise Fabre ou de Catherine Langeais, c'était dans le salon familial qu'ils avaient fait leur grande première.

On réédita en VHS *Calimero* et *Les aventures de Colargol*, *Chapi Chapo* et *Le manège enchanté*, à la suite d'une seule séquence de quelques secondes qui avait suffi à convaincre plusieurs générations que c'était là le trésor oublié de leurs enfances télévisuelles ; on ressortit, sous forme de CD deux titres ou de compilation, les meilleurs génériques des séries animées ; Bernard Minet put remplir des Zéniths pour y rechanter celui de *Bioman* ou des *Chevaliers du Zodiaque*. Chantal Goya réapparut, Mireille Mathieu, partie dans une interminable tournée en Russie, fut rapatriée en France, Le Luron et Balavoine furent ressuscités, l'acteur qui jouait Casimir reprit du service un peu partout en France et on n'eut même pas à envoyer un coursier à l'INA pour faire réapparaître Garcimore, Gérard Majax et Madame Soleil, qui vivaient encore.

Les jeux Kinder et les Kiki, comme les Popples qu'on pouvait rouler en boule et les Lucioles luminescentes, autrefois réservés aux élèves de maternelle et de primaire, furent ressortis des greniers et fièrement accrochés aux sacs à dos des lycéens, qui se consolaient de grandir en se remémorant à quel point leur enfance avait été belle. Ce fut une véritable maladie de l'infantilisme : on vit apparaître des totoches ambiguës aux cous des adolescentes, les fraises Tagada remplacèrent les robustes Snickers dans les distributeurs des lycées, on vendait, au paradoxal apogée de la décennie, autant de sucettes Chupa Chups que de cigarettes à la sortie des collèges. On commémorait sans fin le fait d'avoir été enfant – et de n'avoir connu, à travers les barreaux de l'escalier, en montant se coucher, du monde des adultes que des aperçus cruels, grotesques et irréconciliables : une guerre entre deux pays aux noms presque identiques, des accidents d'avions qui transformaient leurs fuselages et leurs ailes en boule de papier d'aluminium, des juges aux lunettes trop grandes, des gangsters déguisés, les parents aux pulls flottants d'un enfant retrouvé au fond de l'eau.

Triple 7 battait, chaque samedi, son précédent record d'audience, faisant mentir la prophétie d'une ancienne ministre de Mitterrand sur l'inéluctable *ras-le-bol des bébés zappeurs*.

David se vit proposer l'émission de Noël et celle du nouvel an, et pour répondre à l'appétit grandissant d'Elkabbach, Sébastien se mit à réfléchir à différentes émissions spéciales, à des jeux ou à des déclinaisons de son concept. L'idée d'un karaoké, pour les fêtes, venait de David – et celle de lui adjoindre Pascal Sevran venait de la chaîne, qui désirait ratisser très large, pour contrer l'émission que présenterait Jean-Pierre Foucault, en direct d'Euro Disney : c'était le même plateau que celui dont Véronique lui avait parlé, à ceci près que c'était désormais Pascal, et non David, la pièce rapportée, le simple faire-valoir. C'est justement en préparant cette émission que Sébastien apprit la mort de Véronique, dans un ashram en Inde. Mort dont il se consola grâce à son éphémère relation avec une maquilleuse, qu'il emmena en repérage avec lui, au-dessus d'Euro Disney, l'équipe gagnante du karaoké de Noël devant se faire offrir, modeste provocation, un baptême d'hélicoptère à la verticale de ce fief de la Une.

Sébastien eut-il le temps, pendant les secondes d'arrachement du décollage, de repenser à Patrick ou à Véronique ? Il est plus probable, il avait déterminé le jour et l'heure du vol à la minute près, qu'il se concentrait sur les belles lumières orangées – la rassurante couleur de l'immortel Casimir – du générique de son émission, qui venait de commencer, et que diffusaient, de façon mystérieusement synchronisée, les Velux des maisons du lotissement voisin de l'aérodrome, puis toutes les maisons de l'immense ville nouvelle, de l'anneau d'Euro Disney au cercle incertain du périphérique : c'était là son prodigieux, son merveilleux royaume, depuis qu'il en avait exhumé les trésors cachés – archives de fous rires oubliés, de danseuses aux chevilles gracieusement tordues, de directs gâchés par des chèvres voraces, de vachettes rebondissant dans l'éternité, de larmes de joie creusées dans les joues peintes, de gouttes de sueur arrachées à l'oubli sur le dos musclé d'une acrobate, de regard énamouré d'une muse détruite à son pygmalion indifférent. C'était dans l'air épais de ces souvenirs, dans l'aura des vieilles bandes magnétiques que l'hélicoptère tournait lentement ses pales, en cette soirée pluvieuse de novembre dédiée à la résurrection des corps télévisuels – mais la lumière s'atténua soudain et toutes les maisons parurent à Sébastien de petites tombes : c'était le passage, à l'heure prévue, du générique de *L'île aux trente cercueils*.

Le karaoké de Noël fut un triomphe, et David présenta bientôt deux émissions chaque samedi, tenant l'antenne de France 2 de 21 heures à minuit.

Nord Production comptait désormais une cinquantaine

de salariés, et les curseurs de ses fichiers Excel étaient devenus si fins, sur ses gigantesques feuilles d'émissions, que Sébastien dut engager, consécration discrète, son premier comptable – un garçon qui était avec lui au lycée, et qu'il avait fait venir de la Drôme. Il lui avait présenté les choses assez simplement, bien plus simplement en fait qu'elles ne l'étaient sur un plan comptable général : il y avait deux colonnes, celle de ce qu'on voyait à l'image, et celle de ce qu'on n'y voyait pas.

La première colonne était évidemment la plus importante, autant pour les téléspectateurs que pour la chaîne qui en voulait toujours pour son argent : le décor devait paraître luxueux, même si le contreplaqué dont il était fait tremblait au moindre applaudissement, les mouvements de caméras devaient donner l'impression d'une sophistication kubrickienne, comme quand on passait en plan-séquence d'une vue en plongée sur la table à un travelling avec zoom compensé sur le public – séquence magistrale, qui revenait après chacune des coupures publicitaires, et qui tenait à quelques lignes de codes gracieusement cédées par un machiniste stagiaire féru de robotique.

Ce qu'on ne voyait pas à l'image, c'étaient tous les miracles d'économie que Sébastien avait réussi à faire, comme de tourner toujours suffisamment tôt pour qu'on n'ait pas à payer des taxis au public, mais qu'il puisse rentrer en transports en commun, ou de faire démonter les décors le soir même pour ne pas avoir à facturer une journée de studio pour rien – l'équipe déco touchait pour cela une prime confortable, et se voyait raccompagner à domicile. Plus délicates étaient les choses qui pouvaient influer sur l'humeur des invités, ou sur celle de David. Sa loge devait être absolument impeccable, Sébastien y veillait personnellement, redressant la photo géante de lui avec Pierre Tchernia, qu'on réinstallait chaque fois, veillant aussi à ce que tous les cadeaux qu'on recevait des marques qui voulaient apparaître discrètement à l'image, ou au moins dans les remerciements du générique de fin, soient centralisés ici – et il avait déjà fait renvoyer un stagiaire qu'il avait vu prendre une bouteille d'eau dans le minibar de l'animateur. Il vérifiait aussi la température du champagne servi dans les loges des invités, des pièces par ailleurs un peu frustes, dotées d'un petit moniteur de retour vidéo et d'un canapé gris.

— La Plaine-Saint-Denis, ce n'est pas Las Vegas, aimait répéter Sébastien.

Mais il aimait par-dessus tout qu'un invité mentionne à l'antenne la présence de champagne en loge. Il glissait alors à David, dans l'oreillette, de prononcer la phrase rituelle – une conséquence de la loi Évin sur l'abus d'alcool – tout en se réjouissant que le public, l'espace d'un instant, ait pu se représenter ces loges invisibles comme un lieu raffiné, décadent, quand bien même il surveillait que personne n'ait bu plus de deux coupes avant d'entrer en plateau – il y avait une assistante qui ne faisait que cela, une ancienne serveuse à la mémoire photographique qu'il avait recrutée au Mathis. Il faisait aussi attention à ce qu'on tourne le plus possible dans les conditions du direct, pour perdre le moins d'argent possible en studio de montage – cela avait en outre la vertu de rendre les invités meilleurs, et d'augmenter la concentration de David. Sébastien envisageait cependant, à la clôture de l'exercice fiscal, de réinvestir une partie des bénéfices dans l'achat de puissants ordinateurs de montage aux claviers multicolores, pour internaliser cette tâche stratégique – et de les installer dans le bureau qui servait pour l'heure à stocker les *goodies* dont David n'avait pas voulu, et qu'on offrirait sans doute aux équipes à Noël.

Attaché au Sentier, Sébastien avait installé Nord Production sur un vaste plateau dans un bel immeuble Art déco de la rue des Jeûneurs, au dernier étage duquel il louait un appartement, avec vue sur la tour Eiffel : il avait emprunté à Jean-Luc Azoulay l'idée d'habiter au-dessus de son lieu de travail. La réalité, comme l'apprit Sébastien, quand il aurait l'occasion de la visiter plus tard, était encore plus étrange : la villa d'Azoulay était une maison en bois, sans charme particulier, sinon qu'elle venait de Suède, comme les meubles Ikea qui commençaient à envahir les intérieurs des téléspectateurs français. Elle était posée sur le toit des immenses studios, et entourée d'un jardin fait de pelouse en rouleaux : à croire que le producteur, se dirait Sébastien, avait conçu cette maison comme un gigantesque terminal à audimat, un observatoire sociologique parfait d'où il avait pu anticiper, en les partageant largement, les goûts des six millions de Français qui avaient suivi quotidiennement, à sa grande époque, les amours de Lola et d'Hélène.

David avait loué, de son côté, plus classiquement, un deux cents mètres carrés avec terrasse dans les immeubles Walter, porte de la Muette, où il avait pour voisins l'un des patrons de TF1, une star de cinéma, des princes du

Golfe et le fils d'un célèbre avionneur. Il était partout chez lui, là-bas comme dans les pavillons des villes nouvelles où ses éclats de rire rebondissaient sur les toits en soupente avant de venir se perdre dans la moquette épaisse des mezzanines. On avait l'impression qu'il avait toujours été là, et mieux qu'un nouvel Ardisson, Sébastien avait sans doute découvert le nouveau Drucker, alors qu'il se voyait lui, parfois, comme un nouveau Gérard Louvin, le producteur de Dechavanne, d'*Intervilles* et de Jean-Pierre Foucault.

Louvin, qui avait travaillé avec Claude François, et qui continuait à alimenter le monde du music-hall en comédies musicales, était l'une des dernières incarnations d'un show-biz à l'ancienne, fait de postures viriles et de phrases expéditives, un show-biz *à l'américaine* qui fascinait Sébastien depuis qu'il avait appris à aimer les rapports de force, et qu'il avait entendu David dire, de retour d'une semaine de vacances à L.A., que les Américains n'étaient jamais aussi sérieux que quand il s'agissait de leurs divertissements. S'il s'était senti un peu jaloux de toutes les photos que l'animateur avait prises avec les vedettes d'*Alerte à Malibu* comme de son amitié naissante avec David Charvet, la star française de la série, il avait adoré l'idée que tout repose, de la mécanique de précision du rire à l'exercice de haute voltige des play-back, sur les bouliers implacables des comptables de Hollywood, qu'il imaginait faire et défaire les carrières en utilisant les vedettes comme des poids évidés seulement destinés à maintenir le délicat équilibre financier des studios. Il s'était même représenté tout le show-biz américain comme une sorte de gigantesque homme de paille derrière lequel se cachaient les intérêts précis de quelques capitalistes invisibles – le spectacle était autant une émanation de leur puissance qu'une façon de dissimuler celle-ci ; plus le public en avait pour son argent, moins il regardait au bon endroit.

De l'Amérique, Sébastien avait aussi le goût, très peu français, d'aimer parler d'argent – et il lui restait d'une discussion avec Philippe, qui avait presque pris la forme d'une psychanalyse, que parler d'argent, c'était sa manière à lui d'expier d'être né pauvre. C'était même sa façon toute spéciale d'être chrétien ou marxiste, avait conclu son ami dans une illumination bizarre, car il s'agissait, en dernier lieu, pour lui, de briser l'enchantement qui rendait le public esclave du spectacle, tout en donnant à sa charité l'illusion, plus acceptable aux yeux des modernes, du cynisme. Ce n'est pas ce qu'il avait raconté à TF1, bien sûr, mais c'était grâce à cela que Sébastien était parvenu à mettre un pied dans la première chaîne d'Europe, en proposant une émission sur l'argent : *Pouvoir d'achat.* Il aurait adoré en offrir la présentation à Jean-Luc Delarue, le seul rival de David auprès d'Elkabbach, dont le père était justement l'un des grands activistes français de la question du pouvoir d'achat, le fondateur de plusieurs associations venant en aide, indistinctement, aux consommateurs et aux contribuables, aux actionnaires d'Eurotunnel comme aux derniers détenteurs de l'Emprunt russe. Sébastien avait même lu au printemps, par intérêt personnel, son livre *Le ras-le-bol des administrés.* Mais Delarue fils, obsédé par la *dimension sociétale* de *Ça se discute*, son émission hebdomadaire, comme par la mission cruciale de service public qu'il était certain d'assurer, semaine après semaine, s'était avéré impossible à débaucher. Sébastien dut se contenter d'un vieux journaliste, salarié de la première chaîne, qui raffolait, pour parler de l'État et des dépenses publiques en général, du vieux mot de « gabegie ».

Sébastien voulut, in extremis, s'essayer à l'exercice périlleux de la chronique, et se fit un jour maquiller, habiller et coiffer pour lire un texte qui lui avait demandé une journée de travail sur le 1 % culture et les œuvres qui défiguraient les bords d'autoroute, de l'espèce de cristal qu'on voyait près de Chartres aux étranges épées molles d'un hommage aux Vikings qui décorait l'A13 – mais aucune des intonations ironiques de Sébastien n'était passée à la caméra, qui n'avait enregistré que son air juvénile et ses yeux paniqués, quand les micros s'étaient cruellement mis à amplifier son accent provençal. Il fit supprimer la séquence, mais quelques plans d'ensemble, où on le voyait, durent être conservés : ce furent les seules images télévisuelles qu'on eut jamais de lui.

Dans le rôle du chroniqueur, Philippe, sur Canal +, s'en sortait infiniment mieux, et Sébastien ne pouvait que saluer sa précision, son aisance : son ami crevait littéralement l'écran. On ne pouvait lui reprocher que l'étonnante manie qu'il avait de systématiquement faire l'éloge d'un nouveau média destiné, disait-il, à enterrer un jour la télévision. Sébastien n'arrivait pas à prendre ces prédictions tout à fait au sérieux, depuis qu'il avait entendu l'acteur Thierry Lhermitte les faire lui aussi, dans *Pouvoir d'achat* : Internet resta longtemps, pour Sébastien, un hobby pour baby-boomers aisés, au même titre qu'avaient pu l'être les vacances au Club Med ou les séjours au ski.

Le chroniqueur, habitué aux happenings technophiles, comme quand il arriva sur le plateau avec une palette d'annuaires, et un simple CD-Rom censé les condenser tous, lui parut plus convaincant quand il feuilleta à l'antenne la réédition de la *Divine comédie* de Dante illustrée par Botticelli : la carte de l'enfer, qu'il découvrit alors, lui sembla plus prometteuse et plus riche que la théorie de Véronique sur les sept péchés capitaux. Ce n'était plus sept animateurs et leurs pénibles défauts que Sébastien convoitait désormais, c'était le paysage audiovisuel tout entier – un paysage autrement plus tourmenté que leurs âmes.

L'affaire des animateurs-producteurs, qui devait marquer l'année audiovisuelle 1996, lui permit d'avancer en ce sens plus rapidement que prévu.

4

Sébastien était bien placé pour savoir à quel point France Télévisions avait su se montrer généreuse avec ses animateurs, et les sketchs des Guignols, qui avaient popularisé l'affaire, née au départ d'un simple rapport parlementaire, avant de donner lieu à un rapport à charge de la Cour des comptes, l'avaient d'abord plutôt amusé. On y voyait les trois animateurs stars de France 2, Nagui, David et Delarue, rebaptisés « les voleurs de patates », négocier des valises de billets auprès d'Elkabbach, ou courir avec des sacs d'argent sur le dos, parodiant les voleurs de couleurs de la publicité Kodak. La caricature de David était particulièrement soignée : elle le montrait en amuseur un peu simplet qui, dès qu'il faisait tourner l'anneau qu'il portait à son doigt, se transformait en homme d'affaires impitoyable. La chose était bien vue, à ceci près qu'aucun dédoublement de sa personnalité n'était en cause, et que si cet homme d'affaires impitoyable existait bien, c'était Sébastien qui remplissait ce rôle. Il fallut d'ailleurs peut-être ces sketchs pour qu'il s'en aperçoive. Tout était jusque-là arrivé si vite, le succès ne lui avait même pas laissé le temps de douter, d'avoir peur une seconde – ni même d'apprécier l'incroyable accélération de son destin : il avait basculé du côté des puissants, du côté de ceux qu'on n'aimait pas mais qu'on avait appris à craindre, et qui avaient appris en retour à savourer les flatteries hypocrites qu'on leur adressait, moins comme des signes de respect que comme des signes de déférence.

Son accent avait quasiment disparu.

Philippe lui avait offert *Le prince* de Machiavel dès que l'affaire avait éclaté, et il avait été le premier surpris d'y retrouver si bien expliquées, et même justifiées, ses nouvelles réflexions sur le fonctionnement du pouvoir, et sur les délicieux désagréments du métier de patron.

Il était seulement un peu pénible que l'affaire soit ainsi accaparée par Canal +, trop heureuse de pouvoir jouer les arbitres entre les deux premières chaînes, que le management audacieux d'Elkabbach avait rendues presque de même taille. C'était ainsi là-bas, autour de la table transparente de l'émission *Télés Dimanche* de Denisot, que David et Elkabbach étaient venus s'expliquer : le service public n'avait fait que se doter des moyens de ses ambitions, le succès avait été tel qu'il avait bien fallu grossir, et que France Télévisions avait joué à la fois le rôle du banquier et du garant, en commandant suffisamment d'émissions à l'avance pour que les jeunes sociétés de production des animateurs se constituent de la trésorerie – et les résultats étaient là, l'argent investi générait d'importantes recettes publicitaires, les travaux du nouveau siège, à la pointe du 15e arrondissement, étaient largement financés. TF1, de l'autre côté de la Seine, commençait à trembler sur ses fondations : jamais on n'avait vu service public si conquérant, et c'était un miracle qu'on risquait de détruire par pure démagogie. Car si les sommes engagées pouvaient paraître faramineuses – cent quinze millions pour David, cent quarante pour Delarue, presque autant pour Nagui et Mireille Dumas –, il fallait bien rappeler que leurs bénéficiaires étaient animateurs *et* producteurs, qu'ils avaient derrière eux des équipes qui dépassaient souvent la centaine de personnes, qu'ils avaient des frais, qu'ils éditaient des milliers de feuilles de paie par an, qu'ils étaient, ni plus ni moins, *des industriels.*

Tout cela était vrai, bien sûr, mais ce qu'Elkabbach oubliait de dire c'était que ces sociétés atteignaient des taux de rentabilité qu'aucun industriel n'aurait jamais seulement rêvé d'atteindre : une émission de *prime time*, facturée autour d'un million et demi – baptême d'hélicoptère, cachets des artistes et droits musicaux compris –, Sébastien savait désormais la faire pour moins de huit cent mille francs, et cela leur rapportait à David et à lui, tous frais déduits, plusieurs millions par an.

C'était la ruée vers l'or, et ils étaient arrivés pile au bon moment pour exploiter le meilleur filon de la décennie : jamais la télé n'avait encore rendu personne aussi riche. Aucun animateur vedette des décennies précédentes, aucun Jacques Martin, aucun Patrick Lepape, aucun Ardisson – aucun présentateur du 20 heures – n'avait jamais gagné, même au sommet de sa gloire, autant d'argent qu'eux. On avait changé d'échelle, et là où Dechavanne devait se contenter d'une Ferrari, Guillaume Durand d'une Maserati, la question qui finirait inévitablement par se poser à David et à Sébastien, ce serait celle de l'achat d'un yacht.

Elkabbach, qui risquait sa place, avait dû aller au bras de fer avec Delarue qui, en refusant de voir son contrat renégocié à la baisse, déplaça le combat de l'arène médiatique à l'arène judiciaire. Les tribunaux lui donnèrent raison et Delarue resta à l'antenne, en rognant néanmoins, in fine, sur le coût de ses émissions, quand Elkabbach fut contraint à la démission. Philippe envoya à cette occasion ce message sur le Tam-Tam de Sébastien : « Une fois le coup tiré le grand homme tombe comme une cartouche vide. » Si Sébastien l'attribua fallacieusement à Machiavel, il y trouva l'inspiration pour accomplir son propre coup, réaliser sa propre percée : plutôt que d'entamer, comme Delarue, une épuisante guérilla juridique, qui les aurait obligés à sacrifier pour finir une partie de leurs bénéfices, Sébastien et David se laissèrent tenter par une stratégie plus facile et plus rétributrice, en offrant leurs deux émissions phares, *Triple 7* et *Le Karaoké*, à la première chaîne, qui leur acheta d'emblée trois saisons, avec option sur une quatrième – cela voulait dire que si tout se passait bien, c'est David qui animerait le réveillon de l'an 2000 : l'affaire de « l'accident industriel » était oubliée, et le show-biz, dans sa totalité et jusqu'aux invités de prestige qu'ils n'avaient jamais réussi à avoir sur France 2, comme Sardou et Johnny, se battrait désormais pour entendre ses tubes défigurés par le public du samedi soir, ou pour revoir, en rougissant, ses premiers pas timides à la télévision, chez les Carpentier, chez Guy Lux ou dans *Salut les copains*.

Sébastien voulut offrir une piscine à ses parents, qui

refusèrent, mais qui acceptèrent de participer, sans que Sébastien ait prévenu personne, à un enregistrement du *Karaoké*, édition spéciale « Les quinquas contre les jeunes ». Ils étaient venus de la Drôme avec la fourgonnette de son père, et Sébastien dut quitter la régie au bord des larmes, à cause des remarques du réalisateur sur « l'horrible couple qui se tient la main tout là-haut en se balançant à contretemps » – et il ne fit plus jamais appel à lui.

Ce qui l'avait surpris, dans l'affaire des « voleurs de patates », c'était la manière dont son nom n'était quasiment jamais sorti dans la presse : il découvrit que cet anonymat lui plaisait, et il décida même de le renforcer encore, en embauchant une directrice générale à qui il confia la gestion des affaires courantes : ce serait désormais son nom à elle, Anne-Sophie de La Motte-Crasville, qui apparaîtrait sur la plupart des documents officiels. Âgée de trente-cinq ans, grande, les cheveux blonds et le nez en bec d'oiseau, avec un léger accent aristocratique, elle avait grandi à Versailles et, à sa sortie d'HEC, avait travaillé quelques années dans la production cinématographique, au sein de Ciby 2000, la société qu'avait montée Francis Bouygues parallèlement à TF1 pour s'offrir quelques Palmes d'or avant de mourir. Parmi d'autres singularités qui avaient fasciné Sébastien – ses parents possédaient un château en Normandie, son frère venait d'être ordonné prêtre et elle allait à la messe –, la plus notable était sans doute qu'Anne-Sophie n'avait pas eu la télé, enfant, mais qu'elle avait en revanche rencontré dans son château de Normandie, grâce à son père, ancien cadre dirigeant d'Antenne 2, à peu près toutes les vedettes du show-biz, qu'elle avait vues au naturel, sans maquillage et sans public : contrairement à aujourd'hui, avait-elle expliqué à Sébastien, c'était des gens très cultivés, pas de simples gestionnaires ou promoteurs bornés d'espaces publicitaires, comme à TF1. Elle exemptait étrangement M6 de ce genre de reproches : Nicolas de Tavernost, le numéro 2 de M6, ou Patrick de Carolis, le journaliste qui présentait *Zone interdite*, étaient des amis proches. D'entendre leurs deux noms accolés avait été une révélation pour Sébastien : la chaîne du robinet à clips de la nuit et de l'après-midi, celle du film érotique du dimanche, celle des combines toujours un peu vulgaires de *Capital* aurait possédé une discrète nature aristocratique – Jean Drucker n'aurait été que le prête-nom d'une sorte de vaste complot versaillais qui se réunissait sur les pelouses du château familial de Crasville. Ce ne fut rien d'autre qu'une vague image, que Sébastien entraperçut, pendant qu'il regardait Anne-Sophie manger en face de lui, mais il la voyait soudain comme l'émanation d'une société inconnue qui se déployait autour d'eux, dans un panorama luxueux et détaillé.

Cette sensation d'englobement, cette transfiguration magique de la réalité, il l'avait frôlée, sans l'atteindre tout à fait, pendant ses échanges avec Philippe à propos de la sociologie des Halles, ou lors de ses balades d'autrefois sur les corniches de la Drôme, quand on arrivait enfin à la faïence craquelée d'une table d'orientation – « la place de croupier des montagnes », avait dit un jour son père, dans une étonnante métaphore qu'il avait longtemps crue obscène, et qu'il avait mis des années à comprendre : l'impression d'accéder non pas au point le plus élevé du paysage, mais au point à partir duquel l'espace se distribuait le plus facilement.

Il vit simultanément la pelouse et le château, la mer au loin et les voitures de luxe rouler sur le gravier de la cour, les nappes blanches et les cigares, les costumes rayés et les robes longues. C'était dans ce monde, près des axes secrets de la Terre, qu'Anne-Sophie avait grandi, et Sébastien, en parlant avec elle, eut enfin le sentiment qu'il était arrivé quelque part, que c'était dans ce château, et peut-être avec elle, qu'il habiterait un jour, en organisant des réceptions hebdomadaires avec des patrons de chaînes, des ministres et des industriels reconvertis dans le divertissement, et qu'il salarierait des animateurs comme il aurait possédé, un siècle plus tôt, des écuries de courses.

Mais déjà Anne-Sophie, tout en continuant à lui parler, avait changé d'univers : elle avait aussi connu le fondateur de Canal +, le Rousselet de la grande époque, un intime de Mitterrand et un grand ami de son père – on avait basculé cette fois dans les réseaux occultes de la Résistance.

Anne-Sophie fit d'ailleurs bientôt rencontrer à Sébastien l'ancien bras droit du fondateur de Canal +, Léo Scheer. Ce qu'il retiendrait surtout de ce dîner, c'est que l'homme d'affaires avait une bague en pierre rouge, taillée en forme de tête de mort, et que cela lui avait fait entrevoir, sous les pelouses impeccables du château d'Anne-Sophie, un autre niveau de réalité, des souterrains et des mystères où son trop récent apprentissage du monde ne lui avait pas encore permis d'accéder – un univers où la mort faisait partie de la vie, où le sexe était un instrument de pouvoir. En déconstruisant devant lui les origines de Canal +, son interlocuteur l'avait en revanche définitivement guéri du complexe de provincial qu'il avait toujours gardé vis-à-vis de la chaîne cryptée : « L'esprit Canal, l'irrévérence, *Nulle part ailleurs* : c'est un gros coup de bluff, juste une signature publicitaire, cela n'a jamais été le produit. Le produit, c'est les exclus ciné, le foot et le porno. À la base, c'est un projet que j'ai monté en arrivant à Havas pour étendre notre périmètre d'action. Et Havas, c'était quoi ? C'était le carburant de la politique française : en opérant comme régie publicitaire de toute la presse quotidienne régionale, c'était nous qui faisions, en dernier lieu, les élections locales, de celles des maires à celles des députés. Canal +, à l'origine, c'était simplement un moyen d'agir plus directement sur l'échelon national, tout en contrebalançant TF1. Un jeu d'équilibriste : TF1, via Bouygues, c'est la voix de la droite, France 2, c'est le service public, ça penchera toujours à gauche, et au milieu, le petit Canal +, c'est presque rien. Sauf qu'il y a les Guignols, le seul concurrent sérieux des journaux de 20 heures. Et quand il a fallu faire remonter in fine Chirac pour détruire Balladur, l'amoureux de Claire Chazal, où pensez-vous qu'on soit allés chercher les voix manquantes ? "Mangez des pommes" ? Je ne suis pas certain de croire à la sacro-sainte liberté des *auteurs*. »

Sébastien s'était ainsi laissé guider par Anne-Sophie dans l'univers fascinant des maîtres de l'audiovisuel – non plus directement celui des fabricants d'images, mais celui de leurs riches mécènes. Des mécènes attachés à faire triompher, comme à la Renaissance, leur vision du monde par la manipulation des images.

Sébastien avait vaguement suivi l'affaire Pierre Carles, du nom de ce documentariste attaché à dénoncer les rapports étroits entre politique et télévision, dont le reportage avait été déprogrammé au dernier moment par Canal + – on aurait dû y voir une scène de connivence entre François Léotard, le ministre de la Culture à l'époque de la privatisation de TF1, et Étienne Mougeotte, le futur numéro 2 de la chaîne. Les articles indignés de *Libération* ou de *Télérama* lui avaient paru relever de l'enfantillage, de même que la réaction de l'intéressé, qui avait enregistré ses échanges avec Canal +. C'est en écoutant Anne-Sophie qu'il avait compris ce qui l'avait agacé dans tout cela : le documentariste se trompait de cible, de lieu et de catégorie. Il voulait que la télévision soit morale, exemplaire, ouverte à la critique, quand son objet, comme activité commerciale et comme levier politique, était évidemment ailleurs. L'activiste était au fond tombé sur de meilleurs activistes que lui et, vexé, ne s'en était jamais remis, au point de dénoncer comme un scandale ce qui relevait, au mieux, de l'ordre naturel des choses : les puissants étaient puissants, et les masses, en tant que masses, étaient faciles à manipuler.

— Tout le monde sait cela, non ? avait-il expliqué à Anne-Sophie au restaurant un jour où il s'était promis de lui prendre la main avant la fin du repas.

— Je ne te savais pas aussi cynique.

— Ce qui est cynique, c'est de prétendre le contraire, conclut-il avec un sourire mauvais.

— Tu as voté pour qui, l'année dernière ?

— Balladur.

— Tu l'as rencontré ?

— Jamais.

— Je pourrais t'organiser une rencontre avec Sarkozy, je le connais un peu, j'étais invitée à son mariage.

— David aussi, je crois.

— Il a épousé l'ex-femme de Jacques Martin : tout le monde était là.

C'était un peu vexant, et en même temps ça anticipait bien son nouveau statut autoproclamé d'homme de l'ombre.

— J'ai suivi ses exploits médiatiques à la maternelle de Neuilly.

— *Les marches de la gloire*...

— C'est exactement ça : je n'étais pas vraiment fan de l'émission, mais *celle-ci*, je l'aurais regardée.

— Tu sais pourquoi, d'ailleurs, l'émission a été arrêtée ?

— Parce que Cabrol et son producteur ont été moins malins que nous : le transfert de *La nuit des héros* sur TF1 a coûté à la chaîne cinquante millions de francs pour plagiat.

— Comment vous avez fait, vous ?

— J'ai payé à un avocat autant d'heures qu'il a fallu pour qu'il trouve la virgule mal placée dans notre clause de non-concurrence : le meilleur investissement de ma vie.

Anne-Sophie sourit, mais à la manière de quelqu'un qui enregistre l'information pour plus tard, pas à la manière de quelqu'un d'impressionné, ou de séduit. Et Sébastien, qui la vit se redresser et donner soudain à son attitude quelque chose de plus professionnel, renonça à lui prendre la main.

Il y aurait longtemps, entre eux, une distance infranchissable, et Sébastien en souffrait – à part l'augmenter, ou l'inviter dans des restaurants toujours plus chers, il ne voyait pas ce qu'il pouvait y changer. Peut-être la laisser entrer au capital, sauf qu'il n'avait pas spécialement envie de partager le gâteau un peu plus – le fait que David soit majoritaire l'empêchait déjà de dormir.

La solution, blessante pour son orgueil d'amoureux éconduit, providentielle sur le plan capitalistique, apparut d'elle-même quand Anne-Sophie et David se marièrent, eurent un garçon, se séparèrent – et qu'Anne-Sophie récupéra dans l'opération un tiers du capital de David.

Le mariage de David et Anne-Sophie avait tout au plus été un mauvais moment à passer. Les invités, trop célèbres, l'avaient intimidé : c'était des gens avec qui il savait traiter d'égal à égal, dans le cadre professionnel – il trouvait toujours la bonne chose à dire, la somme juste, les termes contractuels les plus acceptables, il était rapide, précis, décidé, sans jamais apparaître offensif, et tous saluaient son professionnalisme exemplaire, une rareté dans le show-biz français – mais à qui il n'avait pas grand-chose à dire, dans un cadre privé. Il vit, à la moue de Le Lay, à qui il avait bêtement vanté la beauté du château de Crasville, que l'ancien ingénieur en avait plutôt conclu, à l'état de la toiture, qu'il s'agissait d'une mauvaise affaire – moins pour David, d'ailleurs, que pour lui-même, qui se retrouverait à devoir indirectement financer ces futurs travaux. Soulagé, Sébastien l'avait laissé rejoindre le vieil André Taulpin, le dirigeant de la société de BTP rivale, qui avait livré, quelques années plus tôt, la dernière tranche de la centrale voisine de Paluel, autrement plus profitable à leurs yeux de bâtisseurs d'empire que ces quelconques ruines de l'Ancien Régime. Nicolas de Tavernost, tout là-bas, aurait sans doute été, sur ce sujet des vieux châteaux de famille, un interlocuteur plus valable, mais Sébastien n'avait pas osé le rejoindre, comme il n'avait pas osé aller déranger Lescure, qui fumait un cigare en compagnie d'un petit homme satisfait, le nouvel actionnaire majoritaire de la chaîne. C'était alors que le frère aîné d'Anne-Sophie, Mathieu, qui avait officié au mariage et qui était encore en tenue de prêtre, était venu lui tenir charitablement compagnie : « Et vous, qui êtes le célibataire le plus en vue de la cérémonie, mais qui restez là songeur, avez-vous donc à ce point le souci de votre âme qu'il faille vous isoler du monde ? Ou êtes-vous simplement orgueilleux ? » lui avait-il étrangement demandé. Sébastien n'avait pas su répondre, et on allait de toute façon passer à table.

Sébastien avait-il tout manigancé ? Il avait en tout cas effectué, avec l'accord enthousiaste du jeune couple, sa première opération de croissance externe, avec le rachat de la société Miss France, dont le concours végétait sur le service public, et qui gagna beaucoup en valeur et en exposition quand Sébastien négocia son transfert sur TF1. Ce qui n'était pas prévu, jura-t-il plus tard à Anne-Sophie, c'était que David tombe aussi facilement amoureux de la première miss de l'ère TF1, qui s'était retrouvée très vite à coprésenter avec lui son émission de karaoké.

Ils étaient maintenant à 40 % tous les deux et Anne-Sophie à 20. Sébastien avait d'ailleurs insisté, comme une manière de la remercier, pour qu'elle reste à un poste opérationnel, sans que David, qui se sentait exclusivement coupable vis-à-vis de son fils, ait jamais perçu dans la manœuvre une quelconque OPA déguisée de Sébastien.

Sébastien avait peut-être enfin trouvé la clé : il sentit, pendant les mois qui suivirent le divorce, qu'Anne-Sophie lui souriait plus volontiers – mais il n'aurait pour rien au monde fragilisé son alliance avec David.

Tout cela s'était passé si vite, et s'était largement confondu avec la séquence enivrante du développement de leurs activités. Outre leurs émissions hebdomadaires pour TF1, et différentes soirées événements, que David coprésentait avec Jean-Pierre Foucault, Sébastien avait vendu quelques formats au service public. De même M6 lui prenait, l'été, des programmes clés en main – les *100 meilleurs fous rires* ou les *100 meilleurs lapsus* – devant lesquels il ne leur restait plus qu'à mettre des animateurs en devenir sur fond vert, pour tester leur aptitude à bien lire un prompteur.

On tournait cependant un peu en rond. Une émission de variété et une émission d'archives télévisuelles : l'essentiel du chiffre d'affaires de Nord Production reposait sur la nostalgie. Sébastien était né l'année de la mort de l'ORTF, et il sentait qu'il en avait maintenant fini avec cet héritage, qu'il l'avait presque entièrement liquidé. Toute cette molle substance télévisuelle à mi-chemin entre la neige cathodique et les paillettes des danseurs, tous ces électrons venus par milliards s'écraser sur les cristaux contre lesquels il avait, enfant, posé les yeux pour rendre les corps évanescents à la pureté trinitaire du rouge-vert-bleu, tout ce magma d'images commençait, malgré l'enthousiasme enfantin et intact de David, à prendre l'aspect un peu dégoûtant de sa pâte à modeler, le jour où il en avait mélangé tous les pots pour alimenter sa petite machine à spaghettis. Malgré les efforts de David pour rehausser sans cesse les couleurs de ses émissions, en faisant rejouer à ses invités leurs propres archives, en tentant, par ses questions, et grâce aux applaudissements hypnotiques du public, de leur faire revivre la scène telle qu'ils l'avaient vécue, pour donner à ces repeints magnétiques leur fraîcheur initiale, les fantômes du passé étaient de plus en plus difficiles à convoquer.

Les vieux téléviseurs continuaient à diffuser, une fois éteints, une pâle lueur blanche ; certains affichaient même pendant quelques minutes, quand leurs cathodes avaient surchauffé, des sinusoïdales colorées qui se déplaçaient lentement au milieu de l'écran comme des aurores boréales, perdant peu à peu en intensité avant de s'éteindre définitivement : tout cela finirait par mourir, et Sébastien savait que les nouveaux téléviseurs à écrans plats qui commençaient à apparaître ne souffriraient pas de ce dysfonctionnement nostalgique.

Il était à la recherche d'une forme télévisuelle nouvelle pour un siècle nouveau.

Philippe, comme il le lui avait prédit, était devenu le nouvel Ardisson, en reprenant l'émission de la nuit que ce dernier avait créée – l'un des rares concepts originaux de la télé d'alors, qui montrait les déambulations d'un noctambule équipé d'une caméra subjective à travers la nuit parisienne. C'était suffisamment bien fait pour que les rencontres aient l'air fortuites, l'équipe technique inexistante : l'animateur se livrait corps et âme aux samedis voraces, qui l'engloutissaient tout entier, avant de le régurgiter intact dans les dimanches matin bleutés – « comme une forme d'eucharistie trash », s'était-il vanté un jour. Sébastien connaissait cependant la marche que Philippe avait échoué à gravir, en se voyant préférer, pour le graal télévisuel de cette fin de décennie – la présentation de *Nulle part ailleurs* –, une autre chroniqueuse, dont l'échec n'avait dû que moyennement le consoler. Et si le dandy vexé saurait apprécier, en esthète du ratage, l'unique façon qu'elle aurait de revenir à l'antenne en présentant le Loto sur France 2, ses parcours nocturnes garderaient toujours pour Sébastien l'aspect d'une damnation. Une damnation sur une chaîne du satellite, qui finissait inévitablement par une séquence de nudité.

Philippe demeurait cet éternel jeune homme qui semblait déjà un peu las quand il était son voisin de palier, et d'une ironie aussi charmante qu'inépuisable – alibi de la quête d'absolu qu'il continuait discrètement de poursuivre :

— Tu persistes à ne pas croire à Internet ? l'avait-il provoqué cette fois-là, finalement assez fier que ce qu'il avait nonchalamment présenté comme la dernière chose à la mode ait aussi bien pris.

— Ma société possède depuis peu son site Internet, et on diffuse de petits extraits vidéo compressés sur ceux de mes émissions. Et toi tu persistes à ne pas croire à la télé ?

— J'y crois de plus en plus, figure-toi, maintenant que j'ai compris qu'elle allait disparaître. Je me demande, comme toi, quelle trace elle laissera sur nos imaginaires. Quand j'enregistre mon émission dans Paris, parfois j'ai l'impression d'être un peintre préhistorique, son flambeau à la main, qui s'enfonce de plus en plus loin sous terre. Tu ne te demandes pas pourquoi la télévision n'a jamais été considérée comme un art ?

— Parce qu'elle est commerciale. Parce que l'objet véritable de nos émissions, on ne le réalise pas, on ne le produit même pas : ce sont les publicités.

— Mais c'était déjà la même chose à la Renaissance. Le véritable objet, c'était Dieu, mais ça n'a pas empêché l'apparition de peintres de génie. Tu as vu *Vidéodrome*, finalement ?

— Non. Un peu. Quelqu'un avait plus ou moins parodié la scène du téléviseur mangeur d'hommes pour le générique de mon premier pilote, mais la chaîne a trouvé ça dérangeant et affreux, ça a failli me coûter mon émission.

— J'imagine que tu as viré le courageux stagiaire...

— Bien sûr. J'ai trouvé quelqu'un de plus sérieux, qui m'a fait le truc avec les bébés assis devant l'écran.

— Le cauchemar de Ségolène Royal...

— C'est aussi lui qui a eu l'idée de la dernière pub Évian avec les bébés.

— Je faisais référence à une autre scène de *Vidéodrome*, à laquelle tu m'avais fait penser, dans ton petit studio rempli de VHS : il y a une sorte de philosophe, clairement inspiré de McLuhan, qui a accédé à l'immortalité en laissant des milliers d'heures d'enregistrements vidéo... Je me dis qu'elle est peut-être là, l'éternité qui nous fascine. Un grand quart d'heure warholien posthume.

— Je préfère rester invisible.

— J'ai pourtant aperçu ton épaule, je crois, sur TF1 un jour...

Sébastien se força à sourire.

— Personne n'est parfait. On ne te voit d'ailleurs pas tellement plus...

— Les défauts et les charmes de la caméra subjective.

— Il est comment, Ardisson, en vrai ? Je veux dire (Sébastien se reprit en rougissant un peu), c'est comment, de travailler avec lui ?

— À sa façon, c'est un créateur, si la chose existe. Sauf que son média, pour le moment, ce n'est plus la télé, mais le fax. Il en envoie des centaines par jour, à moi, à ses collaborateurs, à tout le monde. Des fax avec d'énormes lettres. Le Robial, l'Isidore Isou du fax.

Sébastien n'était pas encore tout à fait au niveau de Philippe, en termes de références culturelles, mais il avait bien progressé. Isidore Isou, il ne voyait pas du tout – encore un truc à la Debord, se dit-il. Robial, en revanche, il voyait très bien : le directeur artistique de Canal, le créateur, aussi, du logo de M6. Si la télévision approchait d'un art, c'était bien dans les logos animés de M6, dans ce M et dans ce 6 aux proportions aussi belles que celles de l'homme de Vitruve. Mais Sébastien se retint de faire part de sa réflexion à Philippe, qui était resté sur Ardisson :

— Il va venir te faire de la concurrence, d'ailleurs, tu as vu : il revient au talk-show, à la rentrée, sur la 2, le samedi soir.

— J'ai suivi ça, oui. Je ne suis pas certain de croire encore à ce genre de formats, mais il y arrivera, sans doute.

— Pour l'anecdote, les colonnes de son décor, tu verras, c'est mon idée. Il y a une controverse, en histoire de l'art, sur l'invention de la perspective : est-ce qu'elle a été inventée à la Renaissance, ou bien était-elle connue dès l'Antiquité ? C'est justement en observant la courbure des colonnes doriques, et en y voyant un subtil ajustement à la courbure de la rétine, que le grand historien de l'art Panofsky a développé sa théorie : la perspective moderne, mathématique, n'est qu'une des catégories de la perspective, à peine plus qu'un maniérisme, il existerait à côté d'autres perspectives, pas moins rationnelles, dans les arts primitifs. Un précurseur des postmodernes, Panofsky. C'est ce que j'ai expliqué à Ardisson, en tout cas. Je ne sais pas ce qu'il en a retenu, sinon qu'il y aura des colonnes dans le décor de sa nouvelle émission, et qu'elles seront doriques et courbes.

Sébastien vit à son sourire qu'il était vraiment heureux de son coup, qu'il se sentait, au moins sur ce point, authentiquement artiste.

— Spatialement, la télévision n'a d'ailleurs rien à voir, originellement, avec le tableau, reprit Philippe. Les premiers téléviseurs étaient circulaires, et ils ont longtemps gardé de leurs ancêtres, les oscilloscopes, une courbure marquée – la révolution des coins carrés et des écrans plats est récente. On est plus proche des assiettes à dessert en porcelaine peinte, avec leurs séries de douze dessins, que de toute autre chose. D'ailleurs on mange devant la télé ! La télé communique ainsi avec les besoins primitifs, *est* un art primitif, un art primitif rendu rationnel, bien sûr, par l'audimat et la publicité, mais un art qui cherche encore sa forme classique. Je ne sais pas ce qu'elle pourrait être. Le jeu télévisé, c'est une invention incontestable, même si ce n'est pas tout à fait la tragédie grecque – plutôt les jeux du cirque. Il y a le zapping, aussi, ce n'est pas rien. L'héritier direct du genre mondo, ces films de montage sur la cruauté du réel. Mais je me dis qu'on n'a pas encore trouvé le truc. La fameuse messe du 20 heures, l'adoration fanatique d'un homme-tronc, d'une tête parlante qui délivre des mauvaises nouvelles – « La France a peur », de Roger Gicquel, les calembours de Bruno Masure, les implants de PPDA : ce sont comme nos nouvelles Joconde. Et maintenant qu'Internet a pris, je me dis qu'on ne le trouvera peut-être jamais. Ou que c'est le moment : la chouette de Minerve prend son envol à la tombée du jour…

Sébastien se montra soudain attentif. David, il l'avait senti, surtout depuis son divorce, et son remariage éclair avec Miss Pays de Loire, commençait à s'ennuyer. L'enfant en lui était sur le point de faire sa crise d'adolescence, il disait que la radio lui manquait, qu'il voulait ressentir à nouveau le frisson du direct, prendre des risques – il s'était apparemment mis en tête d'écrire un one-man-show et de monter bientôt sur scène, comme le faisaient ses invités récurrents, et parlait même de racheter la radio Rire & Chansons. Sébastien, lui, haïssait les comiques depuis le jour où ses deux amis du collège, Sylvain et Nathalie, étaient venus chez lui et s'étaient moqués de la petite relique familiale encadrée dans la cuisine – un autographe d'Alex Métayer que son père avait rapporté un dimanche où il avait été appelé dans la résidence secondaire de celui-ci – et il se désolait que David connaisse par cœur *La chauve-souris* de Bigard et *L'addition* de Muriel Robin. Le seul antidote à cette passion contre-productive aurait été de lui offrir une émission quotidienne en direct. Mais les talk-shows n'étant pas son domaine, et les jeux étant enregistrés, Sébastien cherchait, depuis quelques mois, vers quel type d'émissions orienter l'appétit déclinant de David. Ainsi était-il particulièrement intéressé par les considérations théoriques de Philippe : si attentif à l'air du temps, son ami valait tous les conseillers en tendance, tous les futurologues.

— Tout se ramène toujours à des questions d'espace : comment est-ce qu'on l'occupe, comment est-ce qu'on y trouve condensées, sous forme esthétique, et pour parler comme un marxiste, les tensions sociales extérieures ? La table découpée du 20 heures, c'est à la fois une machine optique et un instrument de torture, un dispositif destiné à faire admirer le corps glorieux de l'animateur, tout en lui faisant subir en direct le pilori de l'audimat. C'est pour ça, l'idée de la caméra subjective. Une façon de dépasser ce dispositif. Ardisson reste l'inventeur de l'auto-interview : la place de l'animateur, au-delà des inévitables questions de narcissisme qu'il y met, est l'un de ses objets d'étude. Mais on pourrait aller plus loin, supprimer complètement celui-ci, le remplacer par une voix off, par le dieu absent et omniscient du panoptique – et pourquoi pas mettre à la place son envers absolu, le dieu audimat lui-même : le téléspectateur anonyme ?

— Il y avait quelque chose de cet ordre, quand Delarue était sur Canal, la séquence du visiophone, avec des commentaires de téléspectateurs qui remontaient en direct.

— On peut imaginer plus radical encore. Cela fait un demi-siècle que la télé existe, et à part les habituels pamphlets de la sociologie critique, personne n'a jamais été foutu de dire ce qu'on y faisait vraiment. Peu d'arts ont joué un rôle social aussi grand, sans générer un seul critique d'art digne de ce nom – en dehors de quelques recueils de chroniques de téléspectateurs savants. J'ai tourné, tu verras la semaine prochaine, une séquence assez intéressante, en deux étapes. J'ai d'abord permis à un peintre d'accéder aux coulisses de quelques émissions. Il a remarqué à quel point les décors étaient petits, tordus, anamorphosés : sa série de peintures de plateaux, peints comme des natures mortes, sans le public ni les animateurs, fait redescendre la peinture – alors que c'est plutôt un hyperréaliste au départ – au niveau des panoramas urbains bordéliques de l'école de Sienne, on chercherait en vain la bonne perspective, le bon gouvernement des choses. La séquence suivante met justement en scène un critique d'art, qui tente de rendre ces espaces intelligibles, en prenant pour postulat de départ que la télé n'existe plus, et qu'on pourrait, à partir de ces tableaux, se représenter ce que c'était comme vision du monde

– précisément de la même manière qu'on se demande, nous qui ne croyons plus en Dieu, ce que c'était que Dieu, pour les peintres de la Renaissance.

Tout à sa quête esthétique, Philippe avait au fond les mêmes problèmes de renouvellement que lui, se dit Sébastien. Il se contentait d'adapter à la fin du siècle la vieille méthode Bizot, l'inventeur français de la contre-culture, avec *Actuel*, auquel il avait collaboré autrefois : la contre-culture, ce n'était pas un continent inconnu mais un royaume qu'on faisait apparaître chaque fois qu'on l'invoquait. Ainsi Philippe errait-il, comme lui, dans un univers en ruine : si les siennes appartenaient à un passé révolu, hertzien et cathodique, celles de Philippe relevaient d'un futur tout aussi périmé – celui des années 90 finissantes, de leurs fantasmes cyberpunk d'hybridation homme-machine, qui aboutissaient tout au plus à l'exhibition d'un bulbe lumineux sous le front d'un homme à la langue fendue comme celle d'un serpent ou, comme Sébastien l'avait vu récemment un soir qu'il zappait sur le câble, par la transformation de tenues de sudation en combinaisons antiradiations, dans le cadre d'une messe noire organisée par d'étranges sosies masqués de Jacques Pradel venus invoquer la créature de Roswell au pied de l'obélisque de la Concorde. Cela ressemblait un peu à *Vidéo Gag*, un *Vidéo Gag* uniquement alimenté par des étudiants des beaux-arts qui rêvaient de s'offrir des canulars télévisuels, ou par la jeunesse dorée qui voulait pimenter ses parties de poker par la location d'une strip-teaseuse – la forme en était épuisée par avance, et Sébastien avait été surpris, et un peu déçu aussi, que son ami s'en satisfasse aussi longtemps, et tourne, comme il le disait lui-même en empruntant à Debord son célèbre palindrome, sans fin dans la nuit en se laissant consumer par le feu pâle de la vidéo.

Il était là, au fond, dans ce dernier jeune homme moderne, le véritable esprit Canal qu'on échouait toujours à définir, et que la chaîne elle-même avait fini par oublier. Dans cette autodérision toujours agréable à regarder d'une façon distraite, mais effrayante, absolument effrayante à contempler vraiment. Car c'était, dans la nuit parisienne, le visage du néant qui passait dans les rues, comme autrefois passaient, avec leurs clochettes et leurs tuniques brodées de têtes de mort, les clocheteurs des trépassés.

Sébastien avait soudain eu envie de soleil, et il avait sauté dans le premier avion pour Nice, direction Cannes et son marché international des programmes : il allait bouffer du format pendant trois jours non-stop, regarder ce que les télévisions américaines, européennes et japonaises avaient encore inventé pour retenir l'attention du téléspectateur en cette fin de second millénaire.

Il passa la journée dans les allées du Palais du Festival à saluer ses concurrents et à visionner des émissions condensées à quelques minutes. Un jeu japonais de Tetris humain, un format néerlandais qui consistait à ouvrir des boîtes, un quiz anglais à élimination directe : c'était incontestablement de bons jeux, des jeux qui *faisaient* TF1, avec des effets visuels spectaculaires et ce qu'il fallait de cruauté joyeuse pour rendre la défaite des candidats encore plus satisfaisante que leur succès, mais rien de révolutionnaire non plus. Sébastien était surpris, comme chaque fois, de l'aspect profondément banal des animateurs étrangers : c'était vraiment un domaine où la renommée ne franchissait jamais les frontières, et où les causes de celle-ci, dès qu'on changeait d'aire linguistique, demeuraient incompréhensibles. Ce moustachu italien, cette blonde allemande, cet Irlandais coiffé en brosse, cet Espagnol en costume mauve étaient, dans leurs pays respectifs, des stars nationales, et qu'ils soient des sportifs reconvertis ou des comiques adulés, tous les détails de leur carrière étaient localement connus, leur moindre rupture avait dû donner lieu à des couvertures de magazines people. Ils devaient avoir monté quantité d'associations de charité pour les enfants malades, avoir pris des positions très fermes contre la corrida, pour le bien-être animal, contre l'alcool au volant, pour les Indiens d'Amazonie, ils devaient s'être héliportés dans tous les déserts du monde pour y creuser des puits, tout en luttant contre leurs diverses addictions. Ils s'étaient sans doute présentés, à chaque décès de l'un des leurs, en costume noir aux funérailles de l'icône trop vite disparue, tout en profitant de l'occasion pour négocier sa place auprès du directeur des programmes et de la régie publicitaire éplorée : *the show must go on.* Ils étaient les visages de l'époque, les princes de l'Europe, et pourtant Sébastien n'en connaissait pas un seul.

Ce n'était jamais eux, le produit, de toute façon, c'était le format qu'ils avaient eu la grâce d'incarner, mais qui recruterait bientôt, pour s'exporter, une vedette étrangère, destinée à leur rester inconnue. Qui, dans ces allées, parmi les visiteurs étrangers, reconnaîtrait David, malgré ses dix millions de téléspectateurs hebdomadaires, et alors que ses émissions s'étaient exportées dans plus de trente pays ? C'était même le seul endroit de France où il serait parfaitement anonyme.

Sébastien remarqua, en revanche, qu'il avait, lui, perdu l'anonymat de sa visite précédente, et que son statut avait changé – précisément à cause de tous ses contrats signés dans l'année écoulée : la nostalgie télévisuelle était devenue une épidémie européenne. Il se retrouva, au dîner, à la table principale, avec trois des plus gros producteurs européens, des acheteurs de ses formats, et les équivalents de David dans leurs pays respectifs. On félicita abondamment Sébastien sur son inventivité et sa jeunesse, avant d'en arriver à l'unique sujet de préoccupation : la présence, au large de Cannes, du bateau de Berlusconi.

Son incarnation actuelle, celle d'un homme politique, d'un ancien président du Conseil qui rêvait de prendre sa revanche, les fascinait moins que son incarnation précédente, quand Berlusconi avait été sur le point de se constituer un empire audiovisuel européen, avec les différentes déclinaisons de Canale 5 : l'espagnole Telecinco, l'allemande Tele 5 et la française La Cinq. Sa présence faisait planer une ombre menaçante et excitante sur le MIP : le *Cavaliere* était-il de retour ? Qui allait-il manger le premier ? Est-ce que quelqu'un l'avait seulement vu, avait été invité sur son bateau ? Sébastien, aussi fasciné que ses voisins de table, eut très vite une réponse à cette dernière question quand sa voisine, une ancienne strip-teaseuse de l'émission *Colpo grosso*, lui proposa discrètement de la suivre jusqu'à l'héliport, d'où il pourrait se faire conduire sur le yacht de Berlusconi, qui l'invitait à sa fête privée.

La chose parut à Sébastien trop extravagante pour n'être pas crédible, et il suivit la jeune femme dans une voiture qui les amena au bout de la jetée, où les attendait bien un hélicoptère. Ils étaient déjà haut dans le ciel quand Sébastien se demanda si précipiter un concurrent d'un hélicoptère pouvait faire partie du registre, carnassier, de l'homme d'affaires italien. Mais le bateau illuminé qui se balançait lentement dans le néant conjugué de la mer et du ciel avait quelque chose de trop appétissant pour l'inquiéter vraiment, et déjà il serrait la main de son hôte, en costume blanc impeccable, venu l'accueillir spécialement sur l'héliport du pont arrière – et ce fut comme si la promesse d'un « à bientôt », lancé in extremis le soir de la disparition de La Cinq par ses derniers animateurs réunis, s'était enfin réalisée, pour lui seul.

— Bienvenue à bord, éblouissant jeune homme !

Le *Cavaliere* parlait un excellent français, et semblait, chose encore plus troublante, avoir suivi tout son parcours.

— Je vous ai repéré dès le début, on s'est ratés de peu, je le regrette vraiment, mes aventures françaises n'ont pas rencontré le succès escompté – n'est pas Bonaparte qui veut ! – et j'ai dû repartir faire un peu de politique de l'autre côté des Alpes. Mais quel destin exemplaire ! Le petit stagiaire à *La ruota della fortuna* devenu l'un des producteurs les plus brillants d'Europe ! Quelle maestria ! Pauvre Patrick, d'ailleurs. Il était venu faire un passage chez moi, le temps d'une saison : un grand animateur à l'ancienne, avec le sens du public, l'amour de la caméra. Mais vous rebondissez déjà, chez mon ami Pascal. Un caractère ! Lui aussi, j'aurais aimé le faire travailler, mais Mitterrand le gardait jalousement sur le service public. J'adore la chanson française ! C'est même grâce à elle que j'ai commencé ma carrière, le saviez-vous ? En faisant l'interprète sur des bateaux de croisière. Je suis un fan absolu de Trenet ! Je suis certain que Pascal vous l'a fait rencontrer : un beau jeune comme vous... Et David, enfin, quel animateur de génie ! Bravissimo ! Mais pardon, je parle trop, il faut que je vous présente à mes invités !

Et Sébastien se laissa entraîner à l'intérieur du bateau, où il s'étonna de la jeunesse des passagères – il était largement plus âgé qu'elles. Les hommes, à leurs bras, étaient en revanche bien plus âgés que lui. Il suivit l'homme d'affaires jusqu'à un petit salon, sur le pont supérieur, où des hommes fumaient le cigare tout en dégustant les verres de whisky que leur apportaient des jeunes femmes en minijupe blanche. L'un d'eux, l'air particulièrement décontracté, ressemblait à un acteur de cinéma américain.

— Je vous présente Frank van Dor. Un ami très cher. L'un des condottieres de la télévision européenne.

Sébastien comprit que cette soirée jouerait un rôle crucial dans son destin, et il ressentit une soudaine angoisse en l'absence de David qui, depuis celui chez M6, l'avait accompagné dans tous ses rendez-vous d'affaires.

— J'ai retenu, commença Berlusconi, les leçons de mon échec. Les télévisions nationales sont des fiefs médiévaux, des citadelles largement imprenables. Le pouvoir politique les concède à un rythme trop peu soutenu, en leur adjoignant qui plus est des clauses léonines : pas le droit de diffuser des films tous les jours de la semaine, pas le droit de mettre une seconde coupure publicitaire dans le film, sans parler du très fumeux aspect déontologique, et de votre bien mystérieux CSA. Mais nous avons fini, avec l'aide de Frank, par trouver la faille du dispositif : vous avez une loi qui oblige les chaînes à recourir massivement à la production externe, pour éviter, c'était l'idée de départ, la constitution de monopoles. Bien. Ce n'est pas par l'achat d'une chaîne qu'on peut prendre le pouvoir, c'est, comme en Amérique, par la *syndication* de ses contenus.

— Ce que vous faites déjà, cher Sébastien, à votre échelle, reprit l'autre homme, dans un français plus hésitant, avec un accent inconnu. Ce que je fais moi aussi, mais à une échelle, disons, légèrement supérieure. Pandore, la société que j'ai fondée il y a une quinzaine d'années, est leader sur notre marché, un tout petit marché, mais aussi sur le marché allemand, un énorme marché, lui, très concurrentiel.

— Très dur, l'Allemagne. Le pays des Fernsehturm, et du premier réseau câblé d'Europe. Mais Frank est un génie de la production télé.

— Je suis très peu présent sur le marché français, et je cherche à y investir.

— Vous savez, ce que je crois, enchaîna Berlusconi, c'est que l'Europe ne pourra pas se faire tant qu'elle ne disposera pas d'un réseau de médias à l'américaine : CBS, NBC, ABC se partagent un énorme marché, qui fait approximativement la taille du nôtre. Nous n'avons pas l'équivalent en Europe. Demandez à un Européen ce qu'il connaît des télévisions de ses voisins : la réponse est tragique. Et je ne parle pas de l'Eurovision, cette horreur d'un autre âge : on dirait une émission de variété sur une ancienne chaîne soviétique. Qu'est-ce qui s'est exporté, concrètement – exporté, pas adapté ? Adapté, c'est facile, j'ai vendu *Colpo grosso* à tous les pays d'Europe, un peu comme vous l'avez fait vous-même avec *Triple 7*. Les Allemands ont raffolé de mes jeunes filles dénudées, comme ils raffolent aujourd'hui de vos souvenirs préfabriqués. Mais qu'est-ce que les Européens ont vraiment vu, de ce qui hantait les nuits de leurs voisins ? Je ne vois que deux programmes qui ont passé les frontières, et encore, l'un d'eux est muet et intrinsèquement taillé pour l'export : l'abominable *Mr Bean*, cette sorte de Buster Keaton anglais, et le non moins affreux *Derrick* – car ce que les Allemands ont toujours su exporter le mieux, n'est-ce pas, ce sont leurs crimes. Allez, je suis généreux, je rajoute *Les Schtroumpfs*. Voilà tout. Mais même dans le domaine du dessin animé, les Japonais ont fait mieux que nous. L'Europe ne possède pas de télévision digne de ce nom. Moi, je suis italien. Mais je suis aussi européen, et je suis un homme d'affaires : cette situation, je me disais, ne peut plus durer. Et voilà que je croise Frank, qui n'était pas encore dans la télévision, d'ailleurs. Frank est le fils d'un chanteur, le « Sinatra néerlandais », avec qui j'ai eu la chance de chanter, sur un bateau, dans l'Adriatique, au tout début de ma carrière !

— Je tentais alors de lancer, avec peu de succès, des

parcs d'attractions, inspirés des Center Parcs, mais en plus exotique – avec des crocodiles.

Sébastien enregistra l'information sans réagir.

— L'échec est une bonne école, comme le dit Silvio, et c'est lui qui m'a convaincu de revenir à la télévision – aux origines de la fortune familiale.

— Moi, j'essaie de la quitter ! l'interrompit Berlusconi. Maintenant que je m'amuse en politique, j'essaie de décrocher du show-biz, ou plutôt, j'essaie de mixer les deux activités, en léguant à l'Europe ma vision personnelle de la politique-spectacle. Ce que j'ai toujours visé, évidemment, c'est la place d'empereur : l'empereur des artistes, ou un artiste devenu empereur ! Je ne dirais bien sûr jamais tout cela à un journaliste : j'aurais trop peur d'être comparé à Néron ! « L'homme qui regarda brûler Cinecittà. » Mais il y a un lien, oui, entre la politique et la télé : un accès privilégié, direct comme un coup d'épée, au cœur des gens. Et je vois Frank comme l'un de mes meilleurs héritiers. Notre futur Érostrate !

— L'expérience malheureuse de Silvio a été un avertissement, pour nous tous. L'Europe des médias serait incroyablement difficile à faire. La solution, comme toujours, est venue d'Amérique, quand Disney, un producteur de contenu, a racheté ABC. La véritable puissance avait basculé du côté des producteurs. Pour l'instant, les chaînes nationales, à commencer par la BBC, sont loin devant nous, en termes de volume. Mais la dynamique est de notre côté. Avec l'aide de Silvio, nous sommes en passe de conclure de très belles opérations de rachat dans le secteur de la production.

— Pas d'inquiétude, je ne fais que jouer le rôle de *consigliere* sur cette affaire.

— Cher Sébastien, j'aimerais que votre société soit la prochaine à nous rejoindre. Je parle moins d'un rachat que d'un investissement : vous êtes le meilleur producteur sur le marché français et j'aimerais que Nord Production devienne la nouvelle tête de pont de Pandore, la société que j'ai fondée. Je vous donnerai les moyens de vous étendre et de racheter un à un tous vos concurrents.

Sébastien regarda le Néerlandais, aux traits aussi beaux qu'étrangement figés, en se demandant ce qu'il devait faire, et craignant que le moindre de ses actes ait des effets irréversibles.

Étude de cas : la télévision européenne.

— Je dois en parler à mon associé.

— Bien sûr. Il ne s'agit que d'une prise de contact. Une intuition de mon ami Silvio. Mais, dernière chose, et je vous demande de garder un silence absolu à ce sujet : il va nous falloir aller vite. Je lance dans quelques mois une nouvelle émission, un nouveau concept d'émission. Quelque chose de révolutionnaire. Vous avez vu *The Truman Show* ? C'est un peu de cet ordre. Si vous voulez en être, c'est maintenant.

Sébastien sentit le vent glacé tout autour de lui, et, sans savoir complètement ce qu'il faisait, serra la main du play-boy néerlandais, tout en descendant d'une traite le verre qu'une jeune femme lui avait tendu. Il avait vu *The Truman Show* et, dans le destin de cet homme-enfant retenu toute sa vie dans un studio de cinéma, il avait reconnu quelque chose de son enfance au fond de sa vallée dans son cirque de pierre, avec tout au bout, gardiens de l'unique sortie, des crocodiles mangeurs d'hommes.

— Organisons au plus vite une rencontre avec nos avocats.

— Vous êtes mon invité aux Pays-Bas.

— Et en attendant, conclut Berlusconi, vous êtes mes invités sur mon luxurieux bateau !

Sébastien ne buvait jamais d'alcool et ses effets se manifestèrent brutalement quand il se leva de sa chaise.

Il avait à nouveau treize ou quatorze ans, il avait été invité à la boum d'une fille de sa classe, et quelqu'un avait apporté de l'alcool, dans une bouteille d'Oasis. La fête avait été organisée dans le garage de la maison, et on avait tendu des draps blancs pour dissimuler les outils, les tuyaux d'arrosage et les escabeaux – on avait également accroché une boule à facettes au mécanisme d'ouverture de la porte, et Sébastien avait regardé si longtemps les petits ronds de lumière tourner qu'il s'était trouvé mal, et si honteux de l'être qu'il s'était caché derrière les draps blancs, observant à travers un trou les autres enfants qui dansaient, les premiers couples qui se formaient et l'insupportable baiser qu'avaient enfin échangé Nathalie et Cédric. Il avait alors vomi de rage dans un bac à peinture, et avait passé le reste de la fête à essayer de le nettoyer discrètement.

Il était à peu près dans le même état, en se tenant au bastingage du bateau, tentant de dissimuler à ceux qui passaient derrière lui qu'il venait de vomir, et espérant que les vagues nettoient les coulures sur la coque. Il n'osait pas bouger, terrorisé aussi à l'idée de recroiser le producteur néerlandais, et que celui-ci comprenne que c'était avec un enfant qu'il s'apprêtait à s'engager. Tout se mélangeait dans sa tête, le peu qu'il connaissait du capitalisme néerlandais semblait monter de la nuit noire et l'entraîner dans les flots ténébreux d'une aventure dangereuse : est-ce que c'était bien lui, est-ce qu'il l'avait enfin retrouvé, sur ce bateau, ce mystérieux escroc néerlandais qui lui avait un instant volé son destin, avant qu'il le lui reprenne ? Que savait-il, d'ailleurs, des Pays-Bas ? Il y avait cet empire de la lessive qui possédait les droits de *La roue de la fortune*, il y avait les étoiles du logo Philips, sur une enseigne lumineuse et sur les cassettes qu'il avait rapportées du grand immeuble courbe de la place d'Aligre, et dans lesquelles il avait revu son passé et deviné son futur, il y avait enfin les souvenirs d'un cours d'économie sur l'apparition du capitalisme et sur la Compagnie néerlandaise des Indes, qui avait été non seulement la première multinationale du monde, mais aussi la première société anonyme, et la plus puissante qu'on verrait jamais – et ce mot d'« anonyme », c'était comme s'il en comprenait enfin le sens en sentant la mer ondoyer sous la coque. « C'était un peuple de commerçants », avait aussi répété le professeur à la fin de son cours : un peuple de commerçants, cela avait sonné, dans sa bouche, comme une condamnation morale.

Sébastien fit quelques pas sur la coursive. Il vit apparaître, par un hublot, le visage d'une femme. Il s'approcha, et la femme, chevauchant seins nus, au rythme du bateau, un homme qui lui resta invisible, parut ne pas le voir – ou voir à travers lui. Elle semblait n'éprouver aucun affect. Ses cheveux venaient régulièrement taper, comme des algues mortes, ses épaules nues, et ses pupilles immenses avaient l'air de contempler quelque chose de beaucoup plus vaste que la mer et le ciel. Elle sembla enfin l'apercevoir, mais comme s'il n'était qu'un reflet sur l'un de ses cheveux, elle le fit disparaître en se recoiffant mécaniquement. Sébastien comprit, au ralentissement du mouvement de ses épaules, à la façon dont ses seins retrouvèrent leur immobile arrogance, que l'homme en dessous d'elle venait de jouir.

Il avança au hublot suivant, plus effrayé qu'excité. Le visage d'une femme était écrasé par une grosse main d'homme sur la vitre froide – ses narines dessinaient d'intermittentes petites pyramides de buée sur le verre, et sa langue, par sa bouche entrouverte, venait toucher le verre, qu'effleuraient à peine les cils de ses yeux fermés. Son grain de beauté lui fit repenser à la comédienne qu'il avait entrevue à la table de poker d'Azoulay, et qu'il avait récemment revue quémander un rôle dans une émission d'Ardisson.

Il se demanda, avant d'arriver au troisième hublot, quel autre de ses fantasmes l'attendait, quelle autre tentatrice lui était réservée, et commençait à se dire qu'il était prisonnier d'une sorte de prison flottante, version adulte de *Fort Boyard*. Il aperçut alors le producteur néerlandais tout au bout de la coursive, et sa tête de play-boy sans âge lui parut plus artificielle encore que celle du père Fouras. Dans la direction opposée, Berlusconi lui adressa un salut chaleureux, et par un effet de perspective dû aux oscillations du bateau, il lui apparut de la taille du nain Passe-Partout.

Une porte s'ouvrit soudain devant lui, le sauvant in extremis : c'était la jeune femme avec laquelle il était arrivé sur le bateau.

— Il y a une rotation d'hélicoptère : je vous ramène à terre ?

Sébastien rentra à Paris par le premier avion, et se rendit directement chez David pour évoquer la proposition du producteur néerlandais.

— Il faut qu'on prenne une décision très vite. Je suppose qu'il a approché aussi Nagui et Delarue. Il dit qu'il a quelque chose de révolutionnaire à vendre. Qui pourrait changer la télé pour toujours.

— Tu as une idée de ce que ça pourrait être ?

— Je ne sais pas. J'en ai peut-être eu, accidentellement, une sorte d'aperçu rapide, sur le bateau de Berlusconi... quelque chose qui aurait trait au voyeurisme.

— Un truc porno ?

— Pas spécialement. Peut-être. Quelque chose en tout cas qui transcenderait les catégories et les classifications actuelles, je dirais. Mais la seule donnée dont je suis sûr, c'est que si ça arrive en France, il faut que ça soit nous qui le fassions. On est les plus gros, actuellement, sur les programmes de flux. Ce qui manque à notre catalogue, on en a déjà parlé, c'est un *access*. Cinq émissions par semaine, la machine à cash absolue. Et ça fait des mois qu'on cherche sans trouver, quelque chose entre le talk et le jeu. Si c'est ça qu'ils ont, moi je dis : on fonce. On vend. Il faut cependant le voir comme une recapitalisation. On devient leur tête de pont en France, mais ça reste notre marché. C'est nous qui le connaissons le mieux. Et c'est nous qui leur en ouvrons les portes. Ils vont juste nous donner les moyens de financer nos ambitions. Gagnant-gagnant.

— On vendrait combien ?

— J'ai fait mes calculs dans la nuit, impossible de dormir. Nos contrats en cours avec TF1 nous rapportent presque trois cents millions de francs par an. S'ils nous débloquent la case de l'*access*, et quelques *prime* en plus, on peut quadrupler la somme. On atteindrait le milliard de chiffre d'affaires. Dans ces conditions, je pense qu'on peut leur vendre la moitié de nos parts dans les sept cents millions. En tout cas pas en dessous de six cents.

— Moins les parts d'Anne-Sophie, on se ferait chacun dans les 250 millions, c'est ça ?

— C'est ce qu'on vaut, oui, aujourd'hui.

— C'est presque dix fois ce que doit posséder l'animateur le plus riche de France après quarante ans de carrière. Même Dechavanne, même Foucault, même Ardisson malgré tout ce qu'il a fait, même Drucker n'a pas ça.

— Sauf que l'animateur le plus riche de France, à partir de maintenant, c'est toi.

— Et tu te vois, toi, passer du championnat national à la Champions League ?

— Je ne suis pas là pour savoir faire les choses, je suis là pour apprendre. Et j'apprends vite.

Et, trop heureux de sa formule, il rougit soudainement – sans qu'heureusement David ne s'en aperçoive.

Le rendez-vous fut fixé à la semaine suivante, au siège de Pandore, entre Amsterdam et Utrecht, dans l'un de ces interminables quartiers de l'Europe du Nord qui laissent à penser que le monde est achevé, qu'il a atteint, dans cette association de briques, de pelouses et de rues calmes sa forme définitive. Pas de travaux nulle part, des arbres bien taillés, des panneaux de signalisation brillants, des voitures neuves, des maisons confortables : ici l'humanité, en paix avec elle-même, avait réalisé ses rêves, mais Sébastien ne put s'empêcher, l'espace d'un instant, de trouver ce spectacle un peu décevant ; cela faisait trois fois, quatre fois que le taxi venait de tourner dans une rue identique à la précédente, et il se demanda brièvement, avec un sentiment de cafard inconnu, la raison dernière de tout cela. On arriva enfin aux locaux de Pandore, et Frank van Dor avait heureusement une réponse à cette question métaphysique.

— Les Pays-Bas, historiquement, sont le laboratoire de la modernité du monde. C'est ici qu'on est venu imprimer, pendant des siècles, toutes les idées nouvelles. Ici que, bien avant Anne Frank, se cachait Spinoza, que les philosophes de toute l'Europe venaient voir en cachette pour confirmer leur athéisme. Vous croyez en Dieu ?

Le producteur sortait, le matin même, d'une opération de chirurgie esthétique visant à lui enlever les poches qu'il avait sous les yeux, et il avait encore les fils, qui formaient des sortes d'effrayantes paupières inversées – ou qui donnaient l'impression que son regard était protégé par des barbelés.

— Je suis juif, répondit David. Il faudrait plutôt lui demander à lui s'il croit en moi, et il m'arrive d'en douter.

Sébastien avait reconnu l'une des blagues du spectacle

qu'il était en train d'écrire, et dont il lui avait fait lire des morceaux.

— Et vous, jeune homme ?

— Je viens de la campagne, ma mère a toujours été très croyante.

— Catholique ?

— Elle est née près d'Avignon, dans les anciens États pontificaux.

— L'aspect œcuménique de notre association m'enchante déjà. Ensemble, nous allons terminer la Réforme, réunifier l'Europe, achever sa grande sécularisation ! Je vous disais que nous étions comme le laboratoire de l'Europe. On parle déjà de légaliser l'euthanasie et le mariage gay, et cela fait plus de vingt ans que toute l'Europe vient visiter, fascinée, nos jolis *coffee shops*, comme les vitrines animées de nos quartiers rouges. Nous avons le génie du commerce, et ce que nous vendons le mieux, actuellement, c'est la liberté. Mais moi je suis un entrepreneur. Je cherche le coup d'après, le monde de demain. Et je crois modestement qu'avec mes équipes – un véritable *think tank* destiné à l'analyse des tendances du marché télévisuel global et à la création de concepts originaux *worldwide* – nous avons découvert un continent télévisuel nouveau. Finie la liberté, bienvenue en prison ! Fini le paradis, bienvenue en enfer !

Et il brandit une liasse de plus de deux cents pages, reliées par une spirale en plastique, et sur la couverture de laquelle il était écrit « Project X ».

— Voilà la nouvelle bible de l'Occident, la bible qui détaille les principes, la mécanique, les interdits de ma nouvelle émission ! Tenez, je vous lis le plus savoureux.

Il ouvrit le document à la page de l'index, puis au chapitre qu'il cherchait.

— Voilà ! « Obligations diverses des candidats : ne pas évoquer la production, ne pas citer de marques, ne pas parler de la religion. » Dieu est en troisième place, le capitalisme en second, la production est en numéro un : c'est cocasse, n'est-ce pas ? Et on a la même clause un peu plus bas, pour la politique – mais je ne crois pas que nos adeptes de la servitude volontaire s'y intéressent beaucoup…

— Vous allez enfermer vos candidats, c'est ça ?

— Patience, patience. Tout cela est confidentiel. Je peux juste vous dire que cette bible-là, celle que je tiens entre les mains, vaut déjà plus de cent fois celle de Gutenberg. Et vous pouvez multiplier par le nombre de pays acheteurs. Ces deux cents pages représentent plusieurs dizaines de milliards d'euros.

— Quand diffusez-vous l'émission ?

— En septembre prochain. Le dernier automne du XXe siècle.

— Vous avez déjà vendu le concept ailleurs qu'aux Pays-Bas ?

— Nous ne vendons pas le concept, nous le *coproduisons* avec des partenaires locaux. L'Allemagne, l'Italie, l'Angleterre et l'Espagne devraient nous suivre, avec un an de retard. Les États-Unis, c'est quasiment fait.

— Et pour la France, vous n'avez encore personne ?

— Comment vous dire… c'est un programme assez sulfureux. Vous êtes toujours considérés comme le pays des intellectuels, en tout cas il y a chez vous de bizarres interférences entre le monde de la télé et la sphère politique, entre le champ intellectuel et celui du divertissement. Je n'ai par exemple toujours pas compris la nouvelle stratégie de TF1 : *la quête de sens*... Tellement français ! Vos dirigeants télé ont l'air d'accorder beaucoup trop de poids aux intellectuels. À moins que ce soit vos intellectuels, comme ce grand type en chemise blanche, qui passent beaucoup trop de temps devant la télé. Mais Sartre, j'en suis certain, n'aurait pas désavoué notre Project X.

— Que pouvez-vous nous en montrer ?

— Tout ou rien. Je ne demande que votre signature.

Sébastien ne prit même pas le temps de réfléchir, ni de regarder David. Les mots sortirent tout seuls.

— Cent millions d'euros, pour la moitié de Nord Production.

David avait soudain blêmi.

— Il faudrait voir avec nos avocats, on ne signera rien tout de suite, c'est une simple proposition.

— Non, l'interrompit Sébastien. C'est notre prix. Mais je veux consulter votre bible d'abord, ce sera notre seule condition.

— Vous savez qui l'a eue entre les mains, jusque-là ? Notre ami commun, Silvio Berlusconi, Sumner Redstone de CBS, et Thomas Middelhoff, le P-DG de Bertelsmann.

— Mais pas Patrick Le Lay. Ce n'est pas nos intellectuels qui vous font peur, mais la façon dont le marché français est très codifié. Nous n'avons pas la même tradition télévisuelle que nos voisins. Notre paysage télévisuel est très conservateur, rétif aux innovations trop radicales. C'est peut-être l'héritage de l'ORTF, comme la survivance des vieux rites gaullistes de l'incarnation. C'est en tout cas quelque chose qu'on a découvert avec *Triple 7*. Notre identité nationale est, bien plus qu'on ne veut l'admettre, une affaire télévisuelle. Même nos clivages politiques recouvrent largement la façon dont les chaînes se répartissent le public : la droite regarde TF1, la gauche le service public, les ruraux regardent France 3, les habitants de la grande couronne regardent M6, la petite regarde Canal, les centres-villes Arte. Tout fonctionne bien comme ça, c'est un paysage très lisible pour les annonceurs. Personne n'aurait envie d'une révolution. Et c'est un paysage que nous maîtrisons bien : nos émissions sont les rares à parvenir à se hisser pardessus ce statu quo sociologique et géographique, et à permettre à nos clients d'atteindre les 40 % de part de marché – le patrimoine, en France, c'est quelque chose de sacré, d'au-dessus des partis.

— Je crois que sur un point vous faites erreur. Il existe un acteur qui aurait intérêt à détruire ce statu quo.

C'était un piège, Sébastien le sentit instantanément. Il aurait été tenté de répondre France 2, et d'imaginer une sorte de revanche des années Elkabbach. Ou pourquoi pas Canal, qui pourrait profiter du mouvement pour sortir de sa rente inconfortable d'unique télé française à péage. Mais il s'était souvenu des fréquentations d'Anne-Sophie, et de ces personnages aristocratiques qu'il avait entrevus sur la pelouse du château de Crasville le jour du mariage de celle-ci avec David – une France qui attendait, patiemment, de prendre sa revanche à la fois sur le service public, et ses ombres régicides, et sur le roi du BTP qui avait capturé TF1 avant de se faire construire près de Versailles l'affreux Trianon de son siège social. Alors Sébastien regarda Frank van Dor dans les yeux et lui dit froidement :

— Je sais exactement comment vendre votre projet à M6. Elle est là, la clé du marché français. Le challenger n'a pas vocation à le rester toujours.

Frank van Dor lui sourit.

— Je vous emmène visiter nos studios, et cela vaut largement accord : mieux que notre bible, je vais vous montrer directement l'église qu'on a construite en suivant ses indications.

— Ce n'est pas le moment où, plutôt que d'aller faire du tourisme, on arrête tout, et où on se fait remplacer par des avocats ? tenta encore une fois David.

— Je vous demande quelques minutes, le temps de discuter avec mon partenaire, lui concéda Sébastien, qui sentait la panique monter chez l'animateur.

— Allez-y. Je vous retrouve à l'accueil.

David était furieux, et éclata dès qu'ils se retrouvèrent seuls :

— Qu'est-ce qui te prend ?

Sébastien éclata de rire.

— Regarde ! Elle est là, sur la table : la bible de Pandore ! Il nous l'a laissée. Il est encore plus malin que je croyais...

— On va voir s'il bluffe...

David était sur le point de l'ouvrir, quand Sébastien l'arrêta.

— Attention, il doit nous regarder.

— Tu penses que la pièce est filmée ?

— Ce serait cohérent avec ce que je crois avoir deviné du Project X…

— Qu'est-ce qui te dit qu'il ne va pas nous la faire à l'envers ?

— Parce qu'à sa place à lui, moi, je nous ferais confiance, à nous. On est ses meilleurs atouts pour entrer sur le marché français. On est de très loin les meilleurs producteurs de France, les plus rentables, les plus rassurants pour les chaînes et pour les annonceurs.

— Tu serais prêt à trahir TF1 ? Je te rappelle que nos contrats avec eux représentent 90 % de notre chiffre d'affaires, et toutes mes heures d'antenne.

— Je pense précisément que c'est pour ça qu'il faut qu'on y aille. Notre position, en l'état, est fragile. Imagine que pour une raison ou une autre ils te refassent le coup de l'accident industriel…

— Tu ne me fais plus confiance ?

— Je fais confiance à l'avenir de notre société.

— Qui deviendrait Pandore France.

— Qui deviendrait ce vers quoi on saura l'emmener. Et là, devant nous, je vois une marche à gravir. C'est pas du réveillon de l'an 2000 que je te parle. C'est de la recomposition totale de l'audiovisuel européen. Moi, je suis prêt à sauter.

— Le Lay sera furieux.

— Dans un premier temps, oui. Seulement dans un premier temps. Allons voir ce que le diable a à nous vendre ! Mais ne t'inquiète pas, à la fin, je te le promets, on récupérera notre âme.

C'est cette étrange promesse, qu'il avait formulée comme ça, sans réfléchir, qui parvint, comme par magie, à convaincre David.

Ils retrouvèrent Frank van Dor dans le hall.

— Vous venez ?

— Cent millions, la moitié en cash, la moitié en actions Pandore. Et nous ne cédons que 51 % de notre société.

— Cela me semble ambitieux, dans le bon sens du terme. Bienvenue dans la télévision du futur ! Prenez place dans mon véhicule, nos studios ne sont pas très loin. Vous allez voir ce que presque personne n'a vu, et que des milliards d'yeux verront bientôt.

Mieux qu'une poignée de main ou qu'une signature, ce fut le déclic sourd de la portière qui signifia à Sébastien qu'il était engagé dans une nouvelle aventure.

5

Ils retraversèrent le quartier résidentiel, avant de s'engager sur une autoroute et de se retrouver en forêt.

— Vous connaissez le projet Biosphère 2 ? C'est de là que tout est parti. La plus grande expérience scientifique de la décennie, peut-être de l'histoire de l'humanité – l'indispensable complément, en tout cas, de la conquête spatiale et de ses habitacles confinés.

— C'est la serre géante en Arizona ?

Sébastien, qui ne lisait que *Les échos*, avait remarqué, chez David, cette enfantine propension à lire *Science & Vie*, chaque fois qu'ils avaient pris l'avion ensemble – encore ce matin même.

— Précisément. Un module d'habitation martien ou extraterrestre, mais posé sur la Terre – Biosphère 1, c'est la Terre. Là-bas, dans une étanchéité totale, et pendant deux ans, en ne laissant entrer que la lumière du soleil, les futurs habitants de l'espace ont vécu un voyage immobile rien d'équivalent depuis l'Arche de Noé. Un écosystème complet, plusieurs écosystèmes complets, patiemment reconstitués et autonomes. Avec, au milieu d'eux, fabriquant leur propre nourriture et recyclant leurs déchets, huit volontaires, des scientifiques – *ou des cobayes*. L'expérience a échoué quand le niveau d'oxygène a commencé à baisser : c'était comme s'ils montaient de plus en plus haut dans le ciel, c'était devenu de l'alpinisme en chambre, un spectacle très sélectif. On les a récupérés à plus de quatre mille mètres quand on a brisé le confinement du site. J'ai rencontré le milliardaire qui a financé le projet, un visionnaire, mais je me suis surtout bien entendu avec son bras droit, un certain Steve Bannon, qui vient, comme moi, du monde de la production. Il m'a raconté l'envers du décor, les petits à-côtés sordides de la noble aventure scientifique. La guérilla psychologique permanente, la formation de clans, l'apparition, in vitro, d'étonnantes singularités humaines. C'est drôle, d'ailleurs, que ce soit moi, et pas lui, qui aie eu l'idée de donner une suite à cette aventure… Les Pays-Bas, comme je vous le disais, sont le laboratoire de la modernité. Il y a des mouvements que nous seuls sommes capables de faire, des coups que nos adversaires n'oseraient jamais jouer. Mais vous allez comprendre, nous sommes arrivés.

Ils étaient parvenus, au bout d'une impasse, dans un lotissement en cours de construction, devant ce qu'ils avaient d'abord pris pour un chantier, fermé par une longue palissade bleue, elle-même entourée d'un grillage – l'écart entre les deux clôtures s'avérait anormalement large, et faisait penser à un no man's land. Une sorte de guérite, sur la gauche, évoquait un mirador.

— Ah putain, quand même.

C'était David qui avait réagi le premier.

— Vous disiez quoi, tout à l'heure, à propos d'Anne Frank ?

— Je comprends vos réticences, c'est d'ailleurs une partie du complexe qui ne sera jamais filmée – sa localisation elle-même restera inconnue. Mais Anne Frank, oui, c'est une source d'inspiration possible. Bien sûr pas pour les aspects concentrationnaires (à ce mot qu'il avait eu du mal à prononcer en français, ses faux cils barbelés s'étaient étrangement agités), mais pour l'aspect *survivaliste*, et pour les pièces cachées ! Vous allez bientôt comprendre.

Le producteur salua le maître-chien, qui était apparu entre-temps pour lui remettre les clés. Il se tourna vers David, sa mâchoire de play-boy un peu crispée.

— On va arranger ça, vous avez raison.

David avait l'air réellement effrayé par ce qu'ils allaient découvrir derrière les clôtures, mais Sébastien lui, trépignait d'excitation.

— J'ai l'impression d'être le fondateur d'un ordre monastique qui viendrait visiter le chantier de son premier monastère, glissa-t-il à l'oreille de David, qui ne lui connaissait pas ces penchants mystiques.

Van Dor les fit entrer dans le no man's land. Derrière les palissades, jusque-là invisibles, des bâtiments préfabriqués blancs étaient posés sur des pilotis en parpaings.

— Voilà le cœur du dispositif. L'espace, tout autour, c'est juste pour filtrer d'éventuels intrus.

— Lcs douves ! s'exclama Sébastien.

— Si vous voulez. Et maintenant veuillez me suivre dans la pièce la plus importante : le sas. C'est par ici que rentreront les candidats. D'abord cette porte, qu'on refermera derrière eux, avant que l'autre s'ouvre. L'idée c'est qu'ils quittent la réalité. Un départ vers l'espace médiatique.

— Ou une entrée dans les ordres !

— Pourquoi pas, lui répondit van Dor, à son tour surpris par la comparaison, et par tant d'enthousiasme, alors qu'ils n'avaient encore rien vu. Maintenant, nous sommes dans la pièce principale, à la fois salon, cuisine et espace détente. Là-bas, ça s'ouvre sur un petit patio complètement fermé, mais où les candidats pourront prendre un peu la lumière du soleil.

— Le cloître ! C'est fabuleux : un renouvellement télévisuel complet du monachisme.

— Masochisme, plutôt, le reprit David, décidément irrité par la joie déplacée de Sébastien.

— Oui, excusez-moi, j'ai visité un monastère, l'abbaye de Sénanque, avec ma classe, il y a bien quinze ans de ça, ça m'est revenu d'un coup. J'avais adoré ça, toutes ces pièces qui possédaient une fonction précise. Et la règle cistercienne ! C'était aussi détaillé qu'un programme télé… si on met la publicité à la place des prières. Mais pardon, je me tais, continuons la visite. Passons à la découverte du scriptorium, l'atelier des moines copistes…

— Désolé de vous décevoir, cher ami, mais sur ce point notre règle est draconienne. Il est interdit de rentrer dans la maison avec du matériel d'enregistrement. Caméra, appareil photo, papier et crayon. Même pas de livres de cuisine ! Il y aura des fouilles régulières.

— Pas de caméras du tout ? demanda Sébastien, surpris et déçu.

— Au contraire. Une vingtaine. Mais invisibles aux yeux des candidats, cachées entre les murs. Derrière ce miroir, par exemple. Terminons la visite de la maison, et je vous montrerai l'envers du décor. Voilà. Ici, vous avez les dortoirs. Collectifs, évidemment.

— Les baraquements…

— David ! On a dit qu'on arrêtait les analogies déplaisantes !

— Ah ah, ne vous inquiétez pas. Nous les avons même intégrées au projet en le nommant « Big Brother ».

David chercha de l'aide du côté de Sébastien, qui n'était pas non plus certain d'avoir compris la référence.

— Le grand frère ?

— *Big Brother is watching you ! 1984* ! Orwell, cria presque van Dor.

Un lointain souvenir de la séquence de *Culture Pub* « La saga des marques », consacrée à Apple, vint opportunément au secours de Sébastien.

— Vous leur donnerez des ordres ?

— Une voix off donnera des instructions aux candidats. Mais Big Brother sera surtout là pour surveiller. Les candidats seront filmés vingt-quatre heures sur vingt-quatre, sept jours sur sept.

— Des rats de laboratoire ! Un documentaire en temps réel, avec des anonymes.

David avait enfin compris le concept.

— Mieux que ça encore : un jeu. Chaque semaine le public éliminera un candidat. Aucun risque que cela tourne au *soap* : ils vont s'entretuer pour être le dernier des douze à rester, à la fin de la onzième semaine.

— Aucun risque que ça dérape ?

— *Tous* les risques que ça dérape ! Voici le jacuzzi, et là les douches, heu, collectives… Je veux dire de *vraies* douches collectives.

David lui fit signe de continuer.

— Ils auront de l'alcool, s'ils se comportent bien, s'ils suivent les consignes, participent aux activités, du *body painting* au *pole dance*.

— Vous leur distribuerez des préservatifs ? demanda David, soudain très pragmatique.

— Évidemment. Et ils auront une visite médicale complète.

— Et sur le plan psychologique ?

— Il y aura un suivi.

— Vous vous attendez à ce qu'ils craquent ?

— Ça fera partie du show, mais à nous de les amener exactement où on veut. Il y aura un gagnant, bien sûr, mais on va fabriquer douze stars. Et leur donner non pas quinze minutes de célébrité, mais cent mille.

Van Dor composa un code, qui déverrouilla une porte dérobée.

— Voilà ce que personne ne verra. Ni les candidats ni le public. Un couloir qui longe toutes les pièces, qui dédouble la maison, pour permettre de filmer l'ensemble non pas avec des caméras de surveillance, mais avec des caméras de studio – et des caméras infrarouges pour les chambres… On ne ratera absolument rien. L'espèce de mirador que vous avez vu à l'entrée, c'est pour filmer le patio. L'inverse du panoptique : les caméras seront à l'extérieur du dispositif, mais elles seront partout. L'aboutissement d'un demi-siècle de télévision, le studio absolu. Tout paraît si évident que je n'en reviens pas que ça n'ait jamais été imaginé auparavant. Le monde était fait pour aboutir à *Big Brother*. Et c'est moi qui l'ai fait.

— Vous allez feuilletonner ça comment ? l'interrompit Sébastien.

— Je vous l'ai dit, ce sera du direct – tout au plus quelques secondes de différé, en fonction des législations en vigueur. C'est la première émission dont ses producteurs eux-mêmes ne savent pas comment elle va finir !

— Mais quel format vous vendez aux chaînes ?

— Absolument tous ! Un *access* en semaine, un *prime* le samedi, et une émission du dimanche. Le tout sur onze semaines. Le forfait de base comptera soixante-dix-sept émissions, au minimum ! On ne sera pas très loin, en termes de revenus publicitaires, d'un Mondial de foot. Plus, en bonus, une chaîne payante sur le câble ou sur le satellite, pour une diffusion en continu. Et des numéros ou des SMS surtaxés pour éliminer les candidats. Le plus gros objet télévisuel jamais assemblé !

— Vous avez déjà votre casting ?

— Nous y travaillons encore, avec des scénaristes, des comportementalistes et même un éthologue : il nous faut notre mâle et notre femelle alpha. Mais en gros cela ressemblera à la population standard d'une boîte de nuit.

Ce qui était encore un peu vague devint incroyablement précis pour Sébastien. En quittant sa vallée pour s'installer à Pierrelatte, il s'était forcé à aller en discothèque tous les samedis soir – il avait tenu un mois, et il s'en souvenait encore avec une sorte de terreur rétrospective : il l'avait fait comme une sorte de test, de rite initiatique qu'il se serait imposé à lui-même, et ça avait peut-être été la chose la plus courageuse qu'il avait jamais faite. Arriver seul sur le parking du Gold, un peu avant minuit. Laisser le videur surveiller sa tenue, qui devait être d'autant plus soignée qu'il était seul. Se donner l'air d'un habitué, auprès des groupes alcoolisés intrigués par ce garçon solitaire, et un peu trop bien peigné – sans oser jamais laisser un pourboire, mais en se demandant si Zack Morris, Parker Lewis ou Victor Newman l'auraient fait. Ils auraient en tout cas, cela était certain, plaisanté avec la fille du vestiaire : ainsi Sébastien venait, même si c'était encore le mois de septembre, avec un manteau, et faisait une sorte de blague ratée impliquant le mistral. Il pénétrait ensuite dans le sas où la musique était déjà trop forte et bizarrement inhumaine – des voix féminines trafiquées s'insinuaient progressivement, à mesure qu'il avançait, entre les basses déchaînées et luisantes. Impossible de se mouvoir, au milieu de cette sorte de substance, plus visqueuse que musicale, qui remplissait tout l'espace. Il tentait quelques mouvements d'épaules, comme s'il s'était battu contre un ennemi invisible, pour se donner une contenance en entrant sur la piste de danse, tout en se disant qu'il était incompréhensible qu'on en soit rationnellement arrivé au choix d'une telle architecture. Les murs étaient trop sombres, le sol trop lumineux, les lumières trop instables et trop intermittentes. C'était pourtant là qu'il devrait passer la soirée. D'abord le bar, encore une interaction humaine – le barman comme roi incontesté de cet univers, car le DJ, dans sa cabine, était bien trop inaccessible, quasiment Dieu lui-même. Puis, avec l'aide de l'alcool – il se contentait d'un whisky-Coca, qu'il faisait tenir toute la soirée, et qu'il finissait rarement – il affrontait l'obligation presque contractuelle de danser.

Sébastien avait moins détesté ça qu'il l'aurait cru. Il avait été surpris, surtout, de l'aspect territorial de la chose. Il était clairement en quête, c'était du moins le projet initial, d'une partenaire sexuelle. Et très rapidement il avait identifié dans la foule indistincte d'intéressantes singularités. Une fille dont le top, qui lui découvrait le nombril, l'avait excité. Ou bien cette autre fille, dont le jean blanc moulant devenait éblouissant quand elle se rapprochait de la lumière noire du stroboscope. Il tentait alors plus ou moins de danser avec elles, en tout cas de s'en rapprocher, espérant un contact, une ouverture, un regard. Cela échouait presque toujours, mais sans souffrance excessive. Il y avait un langage des corps entre eux, une facilité soudaine qui aurait presque pu rendre l'expérience agréable. Parfois Sébastien trouvait le bon rythme, et son bassin entrait en résonance avec celui de sa partenaire, et même s'il ne lui plaisait pas – elle avait alors une élégante façon de lever ses bras qui signifiait à la fois qu'elle prenait un certain plaisir à danser avec lui et qu'elle n'envisageait absolument pas de l'enlacer – Sébastien savait apprécier ce moment de quasi-communion. Cela aurait pu durer des heures, il en serait arrivé à connaître la totalité des danseuses, et à être accepté par elles, s'il n'y avait pas eu quantité d'événements perturbateurs. À commencer par la présence des autres danseurs mâles, généralement plus âgés et plus musclés que lui, qui avaient tendance à l'évincer de toutes les situations qui auraient pu présenter une quelconque ambiguïté. Mais c'était le jeu, après tout, le darwinisme élémentaire de la situation, il avait le bon goût de ne pas se rebeller, et à aucun moment une main ne l'avait saisi, comme dans les films, pour le jeter sur le parking, en lui intimant de ne plus jamais revenir. Ce genre de débordements lui était épargné. Les bagarres restaient plutôt périphériques. Tout aurait été dans les limites du supportable si la boîte de nuit elle-même n'avait pas tenu, à travers la voix du DJ, à détruire l'harmonie qui régnait sur la piste pour faire entrer des gogo-danseuses, de la mousse ou des hôtesses Malibu avec à la main des dizaines de tee-shirts blancs et des pistolets à eau. Sébastien voyait bien la pertinence commerciale de ces événements, et il en sentait, aussi, intimement, le caractère excitant – mais tout cela gâchait l'équilibre subtil qu'il avait réussi à atteindre, cette connaissance exhaustive qu'il avait des forces en présence sur la piste de danse. Ainsi, après quatre samedis soir passés là-bas, Sébastien s'était reporté sur les charmes plus doux de la télévision.

Ce qu'avait imaginé van Dor venait au fond combler le regret que Sébastien avait toujours eu, celui d'avoir renoncé au monde de la nuit pour une existence par procuration. Les candidats viendraient de ce monde, un monde marqué pour lui comme pour la majorité des téléspectateurs par la violence et le remords – le remords peut-être de n'avoir pas su s'adapter à cette violence. Ce serait là-bas qu'on ramènerait les téléspectateurs. À l'échec inévitable de leur rituel d'initiation. Au monde de la nuit – mais un monde exposé en plein jour. Cruauté cathartique du spectacle et douceur de l'expérience du spectateur. C'était tout simplement la meilleure idée d'émission qu'on ait jamais eue. Depuis les combats de gladiateurs.

David, dans l'avion du retour, semblait sous-estimer la chose : sa seule question, purement technique, et intéressée, avait été de savoir s'il y aurait besoin d'un animateur pour les *access* quotidiens, ou si on se contenterait d'un simple montage.

Il semblait à ce point ne pas partager son enthousiasme que Sébastien était tenté, contre toutes les promesses de confidentialité faites, dans l'euphorie du prodigieux décor, de foncer chez Philippe dès sa descente d'avion pour lui annoncer que sa quête était maintenant achevée : la télévision, bientôt, posséderait enfin sa forme artistique propre. L'histoire de la perspective venait de croiser les grilles serrées de l'audimat : on était là face à une représentation parfaite, homothétique de la société, à sa réduction à quelques personnages connus de tous – la bimbo et le beau gosse, la grande gueule et le ténébreux, le timide et l'exubérante, l'intello et le mec cool, la fêtarde et le coincé. Et pourquoi pas, aussi, des profils ethniques ou sexuels, des Arabes et des gays, des lesbiennes et des trans. Tout était envisageable, en réalité, absolument tout : repris de justice, drogués, prêtres, femmes sur le point d'accoucher ou patients en fin de vie. Le fantasme d'exhaustivité sociologique des Halles de la décennie passée démultiplié par tout ce qu'on voudrait, en fonction des objectifs d'audience et des annonceurs escomptés. Sébastien entrevit même l'apparition, à moyen terme, d'une catégorie sociologique inédite : celle des anciens candidats eux-mêmes, des vedettes de ce qu'on appellerait bientôt la *téléréalité.* On en prenait pour au moins vingt ans. Cela faisait trois décennies que les anciens yéyés hantaient les plateaux de télévision, et on était probablement à la veille d'un phénomène de starification encore plus massif. La télé des anonymes allait atomiser le show-biz et révolutionner le star-system.

Mais même Philippe, au fond, ne pourrait pas comprendre – son côté dandy punk, son ironie permanente, se rattachait encore au monde d'avant : celui où la célébrité était trop rare, trop inaccessible pour qu'on puisse faire autre chose que de s'en moquer, par pure jalousie.

Sébastien avait lui parfaitement pris la mesure des implications du projet de Frank van Dor. Il regarda David, qui s'était endormi dans son fauteuil, son *Science & Vie* titré « Adieu, Lucy » encore à la main. Il s'était dit en arrivant à Paris qu'il lui suffirait, pour conquérir le monde, d'un seul ami, d'un partenaire aussi ambitieux que lui, et il avait longtemps cru que ce serait Philippe qui incarnerait ce rôle. Mais, sur le point de signer un contrat à cent millions d'euros, Sébastien comprit que ce serait David, son unique partenaire dans cette aventure, David qui dormait comme un enfant et qui l'avait accompagné jusque-là sans l'avoir jamais freiné ou ralenti. Il avait bien senti, pourtant, ses scrupules vis-à-vis de TF1 ou, plus profondément, sa gêne à relancer aussi innocemment l'aventure carcérale en Europe. Mais David serait loyal. Quelque chose l'amusait lui aussi dans tout cela. Il était possible qu'il ait envie de voir jusqu'où ce petit Provençal venu de nulle part irait.

Sébastien se sentit soudain, encore plus qu'à son

entrée en discothèque, implacablement scruté – moins par David, d'ailleurs, que par une entité mystérieuse, comme s'il était devenu à son tour le candidat zéro d'une mystérieuse téléréalité.

Les choses allèrent très vite, mais pas au rythme que Sébastien attendait.

Big Brother fut le succès, la révolution attendue aux Pays-Bas, à l'automne 99. Sébastien et David étaient là, à quelques mètres, invités VIP dans le car régie, à l'arrivée des douze candidats, avec leurs petites valises. Ce fut David qui trouva les mots pour dire l'émotion indescriptible que ressentait Sébastien :

— J'ai l'impression d'être à cap Canaveral le jour du lancement de la mission Apollo.

Et la mission se déroula parfaitement, avec la victoire de Bart sur Karin, onze semaines plus tard, le 31 décembre 1999, pendant que David recevait Johnny Hallyday, et que Drucker et Delarue, sur la 2, devaient se contenter du fils de ce dernier, ainsi que du boys band Alliage, que produisait un Gérard Louvin en perte de vitesse.

Dès le mois de février, la version allemande était lancée, suivie par la version espagnole, puis par les versions anglaise, italienne, suédoise et portugaise, tandis qu'au mois de juillet, *Big Brother* franchissait l'Atlantique en débarquant sur CBS.

C'était alors le temps de la convergence tuyau-contenu, incarnée en France par les ambitions télévisuelles de Vivendi, qui venait de s'emparer de Canal +, et celui de la bulle Internet, dont Frank van Dor avait su parfaitement profiter, en se faisant racheter pour un peu plus de cinq milliards par l'opérateur espagnol Telefónica – l'équivalent, à l'échelle européenne, du rachat de Time Warner par AOL.

La téléréalité triomphait partout, et seule la France semblait mystérieusement décidée à s'en priver. Sébastien était pourtant entré en négociation exclusive avec M6, puis avec TF1, et enfin avec M6 encore – sans aucun résultat. Les dirigeants des deux chaînes, trop bien coordonnés pour ne pas s'être entendus, arguaient d'une mystérieuse *exception culturelle* française, parlaient de télé-poubelle, évoquaient l'Allemagne nazie et l'expérience de Milgram, refaisaient le coup de *la quête de sens* et du *mieux-disant culturel.*

Sébastien avait cependant mis à profit le temps perdu pour faire spectaculairement grossir sa société de production, devenue Pandore France. *Big Brother*, à défaut d'arriver en France, servait au moins de machine à cash, qui permit à Sébastien de faire littéralement ses courses dans un secteur audiovisuel bouleversé par cette arrivée massive de capital.

Sébastien fit ainsi une entrée remarquée dans le secteur des jeux, en rachetant la société de Vincent Lagaf', qui produisait *Le Bigdil*, l'adaptation d'un jeu américain auquel l'animateur avait eu le bon goût d'adjoindre des *gaffettes* et un extraterrestre en images de synthèse – il atteignait, sans forcer, les six millions de téléspectateurs par jour, et l'émission avait été rentabilisée dès sa première semaine de diffusion. Il était là, pour le moment, l'*access* indétrônable, la quotidienne que convoitait David

– et celui-ci accepta de n'en être que le lointain bénéficiaire, plutôt que l'acteur principal. Comme il avait accepté que sa fortune soit, entre les mains expertes de Sébastien, un outil, plutôt qu'un état.

— Nous ne faisons qu'accélérer une évolution logique, rationaliser, moderniser le PAF. Passer d'une économie de subsistance à une économie moderne. J'ai eu accès à leurs comptes : ils se payent en notes de frais, en fausses factures de restaurants, en reventes de costumes. C'est effrayant, tout l'argent qui se perd, comment la chaîne de valeurs prend l'eau de partout. Parmi les actifs de la société de l'un d'eux, j'ai découvert une casse automobile ! C'est complètement baroque. Le seul, à la limite, qui ait une société bien tenue, c'est Delarue. Et c'est bien entendu le seul qui ne veut pas vendre.

— Tu négocies avec qui, en ce moment ?

— Karl Zéro, c'est presque fait. Et Fogiel, aussi. Du talk et du reportage, on couvre presque toutes les catégories. J'ai même mis de l'argent dans le projet de film de Patrick Sébastien !

— Des avancées du côté de *Big Brother* ?

— Ça va venir. TF1 a peur d'y aller, et c'est normal, ce n'est pas dans son rôle de leader de prendre ce genre de risque. Et M6 de l'autre côté, qui serait dans son rôle, nous fait un cas de conscience, une crise d'identité assez typique d'un challenger sur le point de passer numéro un. Mais ils arrivent, ils arrivent. Et je vois même comment je vais réussir à les attraper tous les deux. La téléréalité, ce n'est pas un programme, c'est un genre. On peut très bien laisser M6 acheter *Big Brother*, et vendre à TF1 un produit qui lui convient mieux. La filiale espagnole de Pandore a par exemple une émission musicale avec élimination qui devrait les intéresser.

Les choses finirent enfin par se faire, et exactement comme Sébastien l'avait prévu : ce fut M6 qui acheta *Big Brother*, après de longs mois d'atermoiement, pour une première diffusion au printemps 2001 – et la télévision française en fut changée pour toujours, avec Sébastien exactement au centre du jeu.

Mais en ce début d'année 2001, M6 s'obstinait à lui rendre la vie difficile. Tout était signé, rien n'était encore fait : ni la construction du décor, ni la finalisation du casting, ni le choix du présentateur. Tout était conditionné à l'avis d'une « commission de déontologie » que la chaîne avait constituée, pour donner un avis sur un programme jugé, alternativement : pas assez familial ou infantilisant, sulfureux ou candide, stalinien ou nazi.

Anne-Sophie, qui occupait désormais la fonction de directrice générale de Pandore France, s'épuisait en rendez-vous avec la direction des programmes, quand elle n'épluchait pas les dossiers des candidats potentiels, pour demander des compléments d'information ou diligenter directement des enquêtes à une agence de détectives privés. Sébastien passait, lui, son temps dans d'interminables réunions avec les membres du CSA occulte de la chaîne, qui réunissait, comme dans les blagues des années 80, un prêtre, un imam et un rabbin, ainsi que, pour les laïcs, un psychologue spécialiste des écrans, un sociologue qui avait autrefois remis au goût du jour le concept de tribu et une philosophe qui se présentait comme une spécialiste de l'éthique, mais qui avait apparemment surtout épuisé son sens moral à discipliner ses cheveux, tenus par la plus impeccable queue-de-cheval que Sébastien avait jamais vue.

Prudemment, Anne-Sophie avait tenu à noyauter la commission de déontologie : le prêtre qu'on y avait fait entrer était son frère, Mathieu, ce à quoi la chaîne n'avait rien trouvé à redire, ni ses collègues d'ailleurs – « Nous n'allons quand même pas, s'était amusé Sébastien, réunir une commission de déontologie de la commission de déontologie. » À ces mots, le rabbin avait cité la célèbre répétition du début du Livre d'Esther : « Au temps où les juges jugeaient », et l'imam avait hoché la tête d'un air satisfait : « Un bel exemple d'algorithme récursif. » « Le temps des prophètes, avait repris le frère d'Anne-Sophie, est bloqué : il bégaie, dans l'attente d'une révélation ultérieure. » « La Bible est pleine d'écholalies », avait ajouté le psychologue, « de co-appartenances », avait complété le sociologue. « Il est du devoir de l'éthique de discipliner ces boucles », avait enfin conclu la philosophe, en passant la main sur ses cheveux. Cela annonçait assez bien la tonalité de leurs échanges hebdomadaires.

— Pouvons-nous reprendre, s'il vous plaît ? demanda Sébastien. Nous en étions à l'examen du troisième point : l'existence d'une pièce dans laquelle les candidats pourront s'isoler, à l'abri des caméras.

— Le confessionnal ? demanda le rabbin.

— N'avions-nous pas dit qu'on l'appellerait autrement ? ajouta le prêtre.

— Oui, il est singulier que vous interdisiez à vos

candidats d'invoquer Dieu, mais que vous conserviez ce signe religieux explicite, argumenta la philosophe.

— J'y vois même une inégalité de traitement, reprit l'imam.

— S'il vous plaît, je vous en prie, il faut que nous avancions. On a déjà eu cette discussion. J'ai même fait venir un linguiste qui nous a garanti que le terme était désormais laïcisé. Je voulais parler d'une autre pièce, la pièce sans caméra.

— La pièce CSA ! s'écria le sociologue.

— Voilà. J'ai donc eu l'accord des Pays-Bas, pour cette pièce que vous aviez exigée. Même si c'est une dérogation exceptionnelle, et qu'on sera le seul *Big Brother* au monde à l'avoir.

— *Big Brother*, justement, en profita la philosophe, ça me gêne terriblement. Il y a là un jeu dangereux avec l'idéologie totalitaire, un dévoiement de l'œuvre d'Orwell.

— Est-ce si grave ?

— « Mal nommer les choses, c'est ajouter au malheur du monde. »

— Camus ! s'écria le rabbin. Et qui a dit que les mots étaient comme de minuscules doses d'arsenic ?

— S'il vous plaît, s'il vous plaît ! Nous préparons le lancement de *Big Brother*, pas celui de *Questions pour un champion*.

— Le principe est un peu le même, non ? dit l'imam.

— Sauf qu'ici, dit le psychologue en souriant, c'est le plus bête qui gagne.

Toute la table rit poliment.

— « Loft Story » !

C'était la philosophe qui venait enfin d'avoir une idée – pour le prix auquel elle facturait sa présence, il était temps, se dit Sébastien.

— Oui, ça sonne bien.

Il avait décidé, après l'enfer qu'ils lui avaient fait vivre la dernière fois, d'être constructif.

— C'est plus léger que « Big Brother ».

— La femme du film est catholique...

— Quel film ?

— *Love Story*...

— Ah ! Je l'ignorais. Mais je pense qu'à ce stade, c'est le moindre de nos problèmes, non ? Il nous reste aussi à examiner la question du Canal 27, sur le bouquet satellite de TPS : la diffusion en direct live de l'émission, H 24 et sept jours sur sept – hors de question, je vous l'avais dit, de leur offrir un quelconque repos dominical ou sabbatique, les Pays-Bas sont très clairs. Sur une chaîne payante, les abonnés doivent en avoir pour leur argent.

— Justement, j'émettrais sur ce point une réserve : est-ce qu'on n'est pas ici dans une logique de *peep-show*, voire de prostitution télévisuelle ? questionna le psychologue.

— Les candidats n'étant pas rémunérés, reprit la philosophe, il faudrait plutôt parler d'esclavage !

— S'il vous plaît ! (Sébastien tenta de calmer le jeu.) Les candidats sont volontaires, et maîtres de leur image.

— Et les caméras dans les douches ?

— Il y aura des maillots de bain.

— Cela reste une forme d'exhibition.

— Pardonnez-moi d'être franc avec vous : on parle

ici d'un usage tabou de la télévision, mais parfaitement connu. Beaucoup de téléspectateurs attendent de la télévision des stimuli érotiques. Ils les attendent parfaitement préparés, si vous voyez ce que je veux dire. Il leur suffit ainsi de quelques flashes de nudité, une publicité pour un savon d'hygiène intime, le décolleté d'une choriste, une jupe qui se soulève dans un spot Orangina pour qu'ils parviennent à leur fin. Cela peut représenter, surtout la nuit, jusqu'à 10 % de l'audience d'une chaîne. Il y a des spécialistes de cela, qui dosent avec précision la quantité de nudité des pages de publicité. On parle seulement, ici, d'optimiser un usage parfaitement connu du média audiovisuel. Oui, on le sait très bien, il y aura un usage masturbatoire de la téléréalité. Et alors ?

Sa franchise laissa ses interlocuteurs sans voix, et Sébastien leva la séance, plutôt satisfait, pour une fois, des avancées qu'il avait pu obtenir. Il resta même à discuter avec le frère d'Anne-Sophie :

— Qu'est-ce que vous pensez de tout ça, mon père ?

— Ce n'est que de la télévision.

— Vous ne vous dites pas que cela sent le soufre ? Qu'on mise trop sur les défauts, et pas assez sur les qualités de nos candidats ?

— Je ne pense pas que le diable ait encore jamais pris la forme d'un jeu télévisé, et tous les défauts ne sont pas des péchés – et même s'ils le sont, parfois, aucun n'est irrémissible. Sinon, peut-être, celui de refuser de croire… Mais, vous savez, mes meilleurs paroissiens, là où j'officie, dans l'Ouest parisien, sont souvent des marchands ou des fabricants d'armes. Enfin, ils ne me le disent jamais ainsi. Ils travaillent dans les « systèmes de guidage » ou la « télémétrie », les chers archanges électroniques… « Il est plus facile, dit l'Évangile, à un chameau de passer par le trou d'une aiguille qu'à un riche d'entrer dans le royaume de Dieu. » Vous êtes à votre façon bien moins hypocrite qu'eux.

— Vous n'avez pas peur que cette surexposition médiatique entraîne l'apparition de monstres, vous ne condamnez pas d'avance leur futur narcissisme ?

— Nous avons, depuis toujours, beaucoup moins à craindre du narcissisme que de son contraire. Même atrophié, celui-ci ressort de la charité, la charité envers soi-même. Je vous dois d'ailleurs toute la vérité : je ne suis pas ici seulement à la demande d'Anne-Sophie. L'Église s'intéresse à votre expérience. Les phénomènes paneuropéens sont rares, et celui-ci dit quelque chose de l'âme européenne. Nous en étions jusque-là restés à « l'enfer, c'est les autres » des existentialistes, et c'était une conclusion qui ne nous satisfaisait pas. À votre façon, vous rouvrez cette vieille question. Vos jeunes gens, quels qu'ils soient, auront à relancer la question sociale : paradis, enfer ou purgatoire. Et puis ces règles strictes que nous achevons de perfectionner : qui aurait cru que des jeunes gens d'aujourd'hui aient ainsi le goût de se soumettre à des règles ?

— En visitant les décors du premier *Big Brother*, j'ai pensé spontanément, une idée venue de nulle part, à un monastère…

— Il n'existe pas d'idée venue de nulle part. Notre ami l'imam a sans doute raison pour le caractère chrétien du confessionnal…

— Nous verrons bien. Mais j'ai peur que notre casting vous déçoive.

— Notre spécialité, ne l'oubliez jamais, ce sont les pécheurs.

— Nous venons par exemple d'auditionner une strip-teaseuse niçoise…

— Nous avons fait de Marie-Madeleine une sainte.

— C'est un défi que vous nous lancez ?

— Je ne crois pas, cher Sébastien, à votre cynisme.

Tout fut enfin validé par la chaîne, de la couleur blanche des murs à celle acidulée des meubles, du choix du présentateur – il était exclu que ce soit David, sous contrat avec TF1, et on avait promu le chroniqueur cinéma de Drucker – à celui de l'habillage musical, du timbre orageux de la voix qui, seule, communiquerait avec les candidats, à la musique du générique – du sous-Robbie Williams revu par la French Touch. Et le 26 avril 2001, en direct, avec leurs valises siglées d'un énorme œil jaune, les douze candidats pénétraient dans le loft.

Une image de la France : c'était ainsi qu'Anne-Sophie avait résumé son casting à Sébastien, et il avait trouvé l'expression trop excellente pour ne pas la laisser fuiter dans la presse.

Une image de la France : c'était merveilleusement bien trouvé, et cela invalidait par avance toutes les critiques – qui commençaient à se multiplier, surtout dans la presse culturelle. Mais que les intellos soient contre *Loft Story*, cela faisait désormais partie du plan.

Une image de la France : même Philippe allait reprendre l'expression.

— Je suis aussi jaloux qu'impressionné. Tu as réussi à remonter, dans ta chambre noire, une image presque fidèle de la France – fidèle ou destinée à l'être, car le travail de mise au point, maintenant, ce n'est plus à toi de le faire, c'est la France, anonyme et floue tout autour, qui va essayer de ressembler à tes *lofteurs*. Ce tatouage aux reins de l'étudiante sage, ce piercing sur la langue de la fille de bonne famille, ces mèches blondes sur la tête du Sarthois, le visage déjà un peu lourd du dandy de vingt ans : c'est ce qu'on a vu de plus précis, de plus *français* depuis les *Mythologies* de Barthes. Et au milieu de tous, la figure ancestrale de l'effeuilleuse : la désormais mythique Loana. À peine créée, la téléréalité nous a offert grâce à elle l'équivalent de *La naissance de Vénus* de Botticelli : la beauté pure, sortie de sa petite piscine, et livrée, entière et nue, au scalpel de nos yeux. Je pense sérieusement, oui, qu'avec la scène de la piscine, avec sa rencontre aquatique avec le vaseux Jean-Édouard, tu as offert à la télévision l'œuvre d'art qui lui manquait. Cette scène, on ne l'oubliera jamais. Dépassé, le scandale de l'*Olympia* de Manet, anéantie, *L'origine du monde*. Les corps enlacés de Pompéi n'ont pas la fraîcheur de ces ébats télévisuels – aucun Jeff Koons, même, ne peut prétendre à ce que tu as, toi, naïvement assemblé ici. Et tu as atteint, encore au-delà, le Graal audiovisuel ultime autour duquel un Jerry Seinfeld, le Debord américain, aura tourné en vain pendant les dix dernières années du siècle passé : « *a show about nothing* ».

David, qui subissait directement la colère de TF1, alors

que les *prime* du *Loft* l'avaient systématiquement dépassé, le samedi soir, et que les *access* quotidiens triomphaient du *Bigdil*, se montrait beaucoup moins enthousiaste.

— Je vais finir par me faire virer ! Le Lay est encore plus furieux que d'habitude, il ne me dit même plus bonjour !

— Patience, patience.

— Mais tu as lu sa tribune dans *Le Monde* ?

— « Un programme fondé sur les aventures sexuelles d'un groupe de jeunes gens enfermés pendant soixante-dix jours avec des caméras qui les poursuivent jusque sous la douche » : c'est bien envoyé, et bien décrit, non ? On sent le professionnel de la télé !

— Ça te fait rire ?

— Cette tribune, on l'a quasiment écrite ensemble. Je voulais te faire la surprise : nous sommes entrés en négociations exclusives pour vendre à TF1 la version française de *Star Academy*, la nouvelle émission musicale dont je t'ai parlé.

— Et M6 va te laisser faire ?

— M6, c'était écrit depuis le début, et c'était le pacte secret qui liait Le Lay à Tavernost, a rempli sa mission : la téléréalité est arrivée en France.

Le contrat fut signé avant même la finale du *Loft*, et l'apothéose de Loana, qui devait battre tous ses adversaires pour devenir la première star française de la téléréalité. L'ancienne strip-teaseuse se retrouva en couverture de *Elle* : la décennie commençait à peine et elle avait déjà sa nouvelle Bardot – ou sa Marilyn, si l'on prenait en considération ses aventures ultérieures dans la presse people et sa santé mentale délicate. Sébastien allait aussi savourer une vengeance discrète sur le couple de cinéphiles si savants qu'il avait croisés à la projection d'un film de Godard, quand les *Cahiers du cinéma* placèrent *Loft Story* parmi les dix meilleures productions cinématographiques de l'année. Ils avaient ainsi noté, ce qui flattait incroyablement Sébastien, qui mettrait pour toujours Azoulay au-dessus de Godard, que les candidats, tous issus de la génération AB Productions et abreuvés de sitcoms, étaient bien moins naïfs, tant dans leurs attitudes par rapport à la caméra que dans leur façon de dialoguer, que ce à quoi on les avait trop rapidement résumés. La téléréalité, concluaient les *Cahiers*, était un exercice spirituel, qui confrontait ses candidats à une version de haute technicité de leur conscience de soi.

Ces premiers cobayes de la téléréalité allaient être détrônés par les élèves, plus ambitieux encore, et résolument non candides, de la *Star Academy*, une émission de variété modernisée, avec élimination hebdomadaire des chanteurs, rassemblés cette fois non plus dans un loft de la Plaine-Saint-Denis, mais dans un petit château de Seine-et-Marne.

La *Star Ac'* allait rendre indiscernable, aux yeux du public, tout ce qui l'avait précédée. Les luxueux *Champs-Élysées* de Drucker allaient apparaître soudain à peine moins kitsch que les émissions quotidiennes de Pascal Sevran. Plus rien ne pourrait jamais plus rivaliser avec les *prime* de la *Star Ac'* qui, chaque samedi, se voyait prêter par les maisons de disques, soudain affaiblies par l'explosion du *peer-to-peer*, leurs plus grandes stars : les chanteurs débutants purent ainsi chanter en duo, après une semaine passée à exhiber leur jalousie, leur angoisse et leur fierté, avec Madonna ou Beyoncé, Kylie Minogue ou Rihanna, Mariah Carey ou Elton John.

Sébastien était là, en régie, tout-puissant, pendant que la caméra plongeait à travers la substance, jugée longtemps inexportable, du show à l'américaine, un show parfaitement chronométré, répété jusqu'à l'épuisement, élaboré en collaboration étroite avec les représentants des artistes – sans que ceux-ci, jamais, au moment du direct, ne témoignent de la moindre lassitude. C'était même à cette façon de conserver leur énergie intacte, à leur professionnalisme obstiné, à leur sens du détail qui dépassait presque toujours celui de leur entourage, qu'on reconnaissait qu'ils étaient des artistes. Et Sébastien devait admettre, devant Lionel Richie ou Céline Dion, que David, dont il avait toujours un peu négligé les velléités artistiques, mais dont le professionnalisme ne l'avait pas une seule fois déçu, appartenait bien à cette catégorie.

Il avait ainsi accompli, à sa façon et sans s'en rendre compte, l'un de ses premiers rêves : devenir le manager richissime d'une vedette du show-biz.

Sébastien put même ajouter, un peu plus tard, l'une des stars de sa jeunesse à son catalogue, en faisant reprendre aux élèves de la cinquième saison – le triomphe était complet, ni *Champs-Élysées* ni *Sacrée Soirée* n'avaient fait l'événement aussi longtemps – la discographie de Balavoine, dont il allait instantanément refaire, vingt ans après sa mort et le traumatisme héliporté de toute une génération, l'un des plus gros vendeurs de disques de l'année 2006.

Plusieurs fois renégocié à la hausse, le contrat initial qui liait la première chaîne à Pandore France portait sur trois ans et s'élevait à cinq cents millions d'euros. Il prévoyait, à côté de la *Star Ac'*, le développement d'un clone de *Loft Story*, *Nice People* – comme s'il avait fallu ces deux degrés de séparation pour que TF1 adapte enfin *Big Brother*. Le projet, cohérent avec l'ADN paneuropéen du groupe Pandore, d'accueillir des candidats de toute l'Europe, n'avait qu'à moitié convaincu le public, et on s'en était tenu à une saison unique, bien moins marquante que la première saison du *Loft*. C'était David qui en avait présenté les *prime*, mais il avait facilement pu se consoler de sa non-reconduction, en se voyant enfin offrir la présentation quotidienne d'un jeu dans la case de l'*access* : c'était comme s'il avait accompli son destin télévisuel. Sébastien, qui sentait qu'il n'était, lui, encore qu'au tout début de sa vie professionnelle, qu'il lui restait tellement de marches inconnues à gravir, l'en jalousait parfois.

Bitereau : c'était désormais un nom connu dans le monde de la télé, et qui ne faisait plus rire personne. Sébastien était alors devenu, au milieu des années 2000, à seulement trente ans, l'homme le plus puissant de toute l'histoire de la télévision française – on commençait même à dire qu'il serait un successeur possible de Le Lay. Mais il était sans doute déjà, comme on l'avait dit autrefois d'Azoulay, le véritable directeur des programmes de la première chaîne.

Il allait d'ailleurs retrouver Éléonore, la jolie comédienne à laquelle il avait un jour succédé à la table de poker de celui-ci. Sa carrière n'avait jamais vraiment décollé, mais elle était encore associée, pour le public, aux côtés d'Ophélie Winter et Mallaury Nataf, aux grandes beautés télévisuelles de la décennie passée, et son nom était réapparu dans la liste des candidats potentiels à la nouvelle émission de téléréalité que lançait Pandore France : *Je suis une célébrité, sortez-moi de là !*, au sein de laquelle – le temps s'était comme étrangement accéléré depuis que la téléréalité rebattait à toute vitesse les cartes de la télévision – Loana effectuait déjà son come-back, cinq ans après le *Loft*. La directrice de casting, la nouvelle protégée d'Anne-Sophie, lui avait adjoint Richard Virenque, Filip des 2Be3 et différentes célébrités moins connues, dont Éléonore. Laquelle ne convainquait qu'à moitié Anne-Sophie.

— Quitte à aller puiser dans le stock AB Productions, j'aurais préféré Hélène.

— Éléonore est très belle.

— On ne cherche pas une miss France, Sébastien, lui avait opposé Anne-Sophie.

— Tu veux dire qu'elle manque d'aspérité ?

— Je m'ennuie dès qu'elle ouvre la bouche.

— Tu n'as pas remarqué comme ses dents sont belles ?

— Si tu y tiens... Laissons-lui sa chance, au pire, on la sort en première semaine.

— C'est toi le patron. Mais alors je remplace le mannequin gay par Greg le millionnaire. Et on verra si Éléonore sait saisir la dernière branche que le destin lui tend.

Sébastien s'était procuré les vidéos des castings, et il était retombé sous le charme de la comédienne – au point d'envisager de se rendre en Amazonie sur le tournage de l'émission. À la réception des rushs de la première semaine, il s'enferma en cabine de montage, et resta toute la nuit à chercher de prétendues pépites dans la boue guyanaise et dans les gris nacrés des plans nocturnes de vidéosurveillance, qui montraient les hamacs des candidats se balancer doucement dans l'air équatorial. Il avait ainsi zoomé sur la main d'Éléonore, qui pendait nonchalamment à l'extérieur du hamac, et attendu, plus effrayant qu'un boa constrictor, l'attaque du musculeux millionnaire. Mais rien ne se produisit, et Sébastien avança jusqu'au matin, pour voir Éléonore se laver – se rapprochant d'elle aussi près qu'il put, en zoomant avec la petite manette noire.

Dès le lendemain, il appela Anne-Sophie pour reconnaître qu'il avait eu tort et exiger qu'on exfiltre la comédienne au plus vite : elle perdit toutes les épreuves qu'on lui fit passer, glissa du rondin dans la boue, régurgita les larves qu'on lui fit avaler, termina son épreuve d'orientation dans un inextricable marécage – et c'était délicieux à voir. Sébastien vint l'attendre à l'aéroport, avec un bouquet de roses, et elle réussit cette ultime épreuve de repêchage ; deux mois plus tard ils étaient mariés.

David accepta d'être son témoin, et Philippe offrit au couple une série de douze assiettes à dessert, illustrées à la façon des assiettes de Gien, qui éternisaient des scènes marquantes des deux saisons du *Loft* : *Kamel découvrant le thym*, *Delphine s'enquérant de celui qui péta*, *Thomas faisant son coming out*, *Sandra constatant la rupture de son plat*, *Jean-Édouard nageant dans la piscine*, *Angela s'interrogeant sur le sens du mot « damnation »*, *Steevy ramassant son premier œuf*, *Lesly dévoilant le haut de son string*, *Félicien *dansant la Cum cum mania, L'arrivée surprise de Casimir, L'élimination de Laure, L'apothéose de Loana.*

Le père Mathieu, qui célébra la cérémonie, offrit aux époux une édition originale de la *Vie de Rancé* : « Que le spectacle du monde laisse toujours entrouvert une trappe d'où vous pourrez contempler le ciel », avait-il ajouté au crayon, à côté de la longue signature de Chateaubriand.

Le couple emménagea sur les hauteurs de Saint-Cloud dans une grande villa des fenêtres de laquelle on voyait tout Paris, de la Tour TF1 aux haubans du Stade de France près de la Plaine-Saint-Denis – et Sébastien dut aussi investir dans une puissante Mercedes classe G pour parcourir les derniers mètres escarpés qui séparaient ses bureaux de Boulogne de leur rue en pente, où il retrouvait son adorable épouse qui l'attendait pour le dîner : « Attention, tu n'es plus qu'à un labrador de devenir catholique », avait ironisé Philippe.

Éléonore avait fini par renoncer à sa carrière de comédienne quand Sébastien lui avait offert la direction du Théâtre des Variétés, l'un des plus anciens de Paris, qu'il venait de racheter avec David à Jean-Paul Belmondo. Celui-ci avait tenu à leur faire personnellement visiter les lieux, de sa façade néoclassique à sa mystérieuse entrée des artistes cachée derrière un miroir de la partie la moins fréquentée du passage des Panoramas.

C'est là, dans un discret restaurant étoilé du passage, que les deux associés avaient pris l'habitude de se retrouver une fois par semaine – là plutôt qu'à Boulogne, où David passait rarement, ou qu'à la Plaine-Saint-Denis, où Sébastien n'avait plus trop de raison de se rendre.

Ils avaient d'ailleurs fini par acheter le restaurant, ainsi que celui d'à côté, et ils étaient même, ce jour-là, en train de visiter les cuisines de celui d'en face, pour répondre à une offre de vente.

Ils venaient d'accéder à une cour intérieure dont ils n'auraient jamais soupçonné l'existence, quand la fermeture subite d'une porte les y retint prisonniers, avec les poubelles du restaurant, et en compagnie du chef japonais, qui hurlait des choses incompréhensibles à l'intention de son second pour qu'il les libère :

— Évidemment, ça capte pas. Putain. Et il peut pas arrêter de crier un peu, lui ?

David était toujours le premier à s'impatienter, quand les impondérables avaient toujours eu, étrangement, un effet apaisant sur Sébastien, qui savait que les choses s'arrangeaient toujours.

— Je crois pas qu'on ait d'autre choix que de le laisser crier. Regarde le ciel, il fait déjà nuit. Je crois qu'on est hélas tombés dans l'endroit le plus inaccessible de Paris. Le carré VIP ultime. À l'intérieur du pâté de maisons complètement enclavé dans le passage, sur ses quatre côtés. Une sorte d'arrière-cour absolue.

— Et c'est quoi, tous ces trucs ?

David avait désigné un tas de longues planches adossées à un mur.

— Je dirais, vu le nom du passage, que c'est un panorama. Un panorama qu'on aurait démonté et stocké ici, en attendant je ne sais quoi… la mort du cinéma ou la faillite de la télévision ! Il y a encore un décor peint dessus. Ça, ça doit être un bout des Alpes, ou du Vercors. C'est tout près de chez moi ! Regarde : c'est la Grande

Chartreuse, ici ! Là, le mont Aiguille. Et je suis sûr que je peux trouver le Ventoux... Attention par contre, c'est complètement pourri...

Sa main passa littéralement à travers une corniche montagneuse.

— Tu penses à ce que je pense ? lui demanda David.

— Qu'il faut qu'on récupère ces planches, qu'on les traite et qu'on en fasse le décor d'un futur restaurant ?

— Non, qu'il y a peut-être quelque chose de pourri dans tout ce qu'on a fait.

— Les décors du *Loft* sont partis à la décharge, la piscine a été incinérée, les tabourets de bar revendus aux techniciens. Je crois que le micro-ondes est à Boulogne. Et l'un des canapés, je l'ai offert à Sarkozy, qui l'a mis dans ses appartements privés place Beauvau pour impressionner ses invités !

— Je veux parler de notre héritage. Tout ce qu'on a fait. La télé-poubelle.

— Tu connais la théorie de mon ami Philippe ? Il nous compare aux inventeurs de Lascaux. On a découvert une brèche et on a laissé les peintres de demain y entrer. Des peintres qui ne représentent plus les choses, mais qui seraient eux-mêmes la représentation.

— Tu n'as pas peur qu'on ait commis une sorte de crime contre la civilisation, aveuglés par notre cupidité, notre avarice ?

— Tu es sérieux ?

— Je ne sais pas. Tu connais Finkielkraut, le philosophe ? J'ai dîné avec lui, et il dit qu'on a détruit l'intimité des gens, qu'on n'en mesure pas les conséquences, que le projet, derrière tout ça, serait totalitaire. Il dit qu'on a confondu la porte étroite des Évangiles avec un trou de serrure, que les lofteurs sont des hommes atrophiés, incomplets, dépendants exclusivement du regard des autres. Et que si gentils qu'ils en aient l'air, cela les rend pervers. Il dit qu'ils seront un jour, eux et ceux qui les imitent, dont la douceur est essentiellement feinte, un danger pour la démocratie. Il parle de *barbares*. Je n'ai jamais voulu tout ça, j'ai même jamais rêvé d'être aussi riche. Qu'est-ce qui nous est arrivé ?

— On est tombés sur une mine d'or, tout simplement.

— Mais tu ne te sens pas *responsable* ?

— Pas comme tu pourrais croire. Je suis d'accord avec toi, au début j'ai cru qu'on recrutait des caïds de boîtes de nuit, des filles que je n'aurais jamais osé regarder. Pourtant j'ai découvert, tout de suite, dès que j'ai vu Loana je crois, à quel point c'étaient des petites choses fragiles – malgré leur insupportable ego. Tu as déjà vu, dans un poulailler, la façon dont les poussins se serrent pour aller sous les ampoules chauffantes ? Je comprends ce que tu dis. Mais tu ne vois que la moitié de l'énigme. Le fait que le monde est froid. Pas que nous lui apportons de la chaleur. Je ne serai pas celui qui dévissera l'ampoule. Je suis certain qu'on leur apporte quelque chose, aux candidats comme à ceux qui regardent. De la reconnaissance, peut-être. Je suis de plus en plus certain qu'on a un rôle à jouer dans quelque chose qui nous dépasse encore. Mais si tu veux partir, je comprendrais. Je pense que je trouverais facilement à emprunter pour te racheter tes parts. On a besoin d'y croire, sans doute, pour continuer à avancer.

— De croire à quoi ? Aux seins de Loana ?

Sébastien vit quelque chose de l'ordre de la panique dans les yeux de David – mais ils n'allèrent pas plus loin : la porte arrière du restaurant venait enfin de s'ouvrir.

Restaient les grilles du passage, fermées pour la nuit.

— Putain, mais c'est une blague !

— Par ici, le sauna naturiste ! Il est ouvert : ils doivent avoir une autre entrée.

Et c'est ainsi qu'ils traversèrent tout habillés le grand bain de vapeur, au milieu des hommes nus et des statues d'éphèbes. C'était le sauna dont Sébastien avait autrefois découvert l'existence en faisant la comptabilité de Patrick. Il comprit alors qu'ils n'avaient rien inventé, que tout cela existait depuis toujours, et avait seulement un peu manqué de publicité – la décadence n'avait jamais été une période de l'histoire, mais un type de spectacle. Un rapport à soi. Une disposition de l'âme – et il vit presque passer, à travers les gouttes d'eau, la question de la vie éternelle, de ce qui résistait toujours aux vicissitudes de l'histoire. Il repensa au mot anormalement solennel de David : « responsable ». Qu'est-ce que cela pouvait bien vouloir dire ? En voyant un nuage de vapeur masquer et dévoiler alternativement la silhouette qu'il avait devant lui, il se dit que cette histoire de responsabilité relevait seulement d'un choix : on pouvait se suspendre en entier à soi-même, se croire acteur de sa vie, tout prendre comme une compétition, ou tout au contraire disparaître dans le décor, dans une sorte de dimension charnelle collective, sans s'y perdre jamais. Les lofteurs avaient sans cesse hésité entre ces deux possibilités – étaient sans cesse passés de la décadence à la société primitive, s'étaient sans cesse incarnés et désincarnés, comme si au fond ils n'avaient pu jouer avec leur âme. Et Sébastien ressentit une certaine euphorie à cette idée. Même David avait d'ailleurs l'air de s'amuser de la situation, et ils éclatèrent de rire en arrivant place de la Bourse.

— Je crois que je sais enfin ce que ça faisait d'être coincé dans le *Loft*…

— Et d'en sortir vainqueur !

6

L'arrivée des chaînes de la TNT allait alors largement changer la donne, et finalement bien plus modifier le paysage audiovisuel que l'arrivée d'Internet : à l'exception de quelques rares événements sportifs ou politiques, il était désormais peu probable que les *prime* de TF1 retrouvent jamais le public qu'ils avaient à leur apogée analogique.

Les nouveaux entrants, comme W9, D8 ou NRJ12, seraient ainsi plus intéressés par des doublages de téléréalités étrangères que par des programmes originaux. M6, de son côté, avait bien su rebondir, après l'arrêt du *Loft*, en imaginant des téléréalités moins radicales, mais plus en phase avec les goûts de son public : des émissions plus *life style*, comme *On a échangé nos mamans*, *D&CO* ou *Recherche appartement* – qui avait permis à Réservoir Prod, la société de Delarue, de se replacer dans le jeu, de plus en plus serré, de la téléréalité hexagonale –, ou bien des émissions de coaching inclusives et bienveillantes, comme *Nouveau look pour une nouvelle vie*, *L'amour est dans le pré* et *Super Nanny*.

Sébastien était par ailleurs très attentif au phénomène des téléréalités de cuisine, virage qu'il avait mal négocié, et que M6 avait initié avec *Oui chef !*, dans lequel un cuisinier inconnu, Cyril Lignac, avait crevé l'écran – il venait du Sud-Ouest et cela avait été, incidemment, nota Sébastien, l'une des premières fois qu'un accent dépassait le stade du *pittoresque* pour atteindre celui de l'*authenticité*.

Comme pour se venger d'être passé à côté de Cyril Lignac, Sébastien s'associa à Pierre Hermé, afin d'étendre encore l'empire du macaron que celui-ci s'était constitué dans tous les aéroports du monde – de même qu'il soutint Thierry Marx dans son concept d'hybridation de la boulangerie et du fast-food, et qu'il prit des parts dans une chaîne de trattorias revues et corrigées, ainsi que dans une chaîne de burgers. C'est lui aussi qui finança la reconversion d'une bonne partie du show-biz français dans le commerce de détail, en transformant tout l'îlot central du passage des Panoramas en marché, façon de se démarquer d'un reproche qui lui était souvent fait : celui d'avoir fondé sa fortune sur l'exploitation de célébrités jetables. Il n'était pas un nouvel Azoulay, et le prouva en s'associant avec Marion Cotillard pour ouvrir une fromagerie, qui commercialisait la meilleure scarmorza fumée de Paris, et avec son compagnon Guillaume Canet, qui ouvrit une boulangerie attenante dont le flan remporta aussitôt une médaille d'or – Sébastien participa même au financement du film qui devait réunir leur bande d'amis au Cap-Ferret, mais refusa d'y jouer son propre rôle, celui d'un homme de télévision dont l'apparente froideur dissimulait, dans la version du scénario qu'il lut, de belles qualités humaines.

Plutôt que dans des bars d'hôtel ou des grands restaurants, Sébastien pouvait ainsi recevoir de façon plus conviviale dans les petits bistrots du passage, entouré de ces figurants célèbres – et l'image sulfureuse qui lui collait à la peau depuis le *Loft* finit par s'évanouir. Ce n'était plus un homme de télé, mais un homme d'image au sens large : un visionnaire, un homme de l'ombre, une icône émergente du capitalisme français.

La cupidité avait laissé la place à la gourmandise. Sébastien n'avait plus grand-chose à craindre de personne, et tout finissait même par tourner à son avantage.

Ainsi de ce jeune avocat qui avait un jour débarqué à Boulogne, un peu à la manière dont il avait lui-même débarqué dans une serre à Pierrelatte, et qui l'avait pressé d'investir dans un système de radiateurs électriques qui seraient aussi des ordinateurs en surchauffe, permettant à la France de rattraper son retard dans le domaine stratégique des super-calculateurs. Il avait comme cela tout un argumentaire commercial, qu'il avait déroulé avec enthousiasme, passant de l'idée convenue qu'on était entré dans l'ère de l'information au nom plus insolite de son prétendu *business angel*, l'insaisissable Ertanger. Sébastien s'était-il reconnu dans le jeune homme, qui parlait aussi vite, aussi distinctement que la voix off de *Capital* ? Il l'avait en tout cas écouté jusqu'au bout, avant de l'éconduire en souriant : « Mon métier, c'est de remplir des tuyaux, pas de les rendre intelligents. » L'avait-il vexé, alors ? C'est ce qu'il s'était demandé quand il l'avait retrouvé quelques années plus tard en face de lui : l'avocat avait convaincu une dizaine d'anciens candidats de ses émissions de téléréalité de lui intenter un procès pour travail dissimulé – ils entendaient faire requalifier leurs indemnités quotidiennes en contrat de travail. Ce n'était pas tout à fait rien, mais pas grand-chose non plus : contrairement à quelques articles flatteurs, l'avocat n'avait pas fait trembler Pandore. À peine Anne-Sophie avait-elle témoigné d'un peu d'inquiétude, et encore, plus en termes d'image qu'en termes financiers. On négocia, durement, mais les plaignants reçurent bien moins que les cinquante mille euros demandés. « Un simple problème de croissance, avait conclu Sébastien : c'est ainsi qu'on passe du Far West au monde civilisé – processus qui n'a jamais ruiné personne, sinon les brebis galeuses et les mauvais payeurs. Cela affaiblira tout au plus nos futurs concurrents à bas coût de la TNT. »

Et au grand étonnement d'Anne-Sophie et de David, il fit de l'avocat son principal conseil, et n'eut jamais à regretter son choix.

David revendit ses parts à Sébastien, qui trouva à emprunter de l'argent avec une facilité étonnante, et à des taux déconcertants – des taux qui le conduisirent à entamer une politique de diversification.

Il se tourna ainsi vers le poker en ligne qui promettait d'être le prochain eldorado des apprentis capitalistes, et il noua de fructueux contacts avec le monde des affaires, curieux d'aller s'encanailler avec cette sorte de troubadour dont on vantait l'exceptionnelle *vista*, ce petit Provençal qui n'avait jamais tout à fait perdu son air ingénu mais dans lequel le capitalisme français avait fini par reconnaître l'un des siens.

Sébastien avait justement visionné, en se demandant s'il en adapterait la formule, les deux premières saisons de *The Apprentice*, la téléréalité de Donald Trump, le magnat de l'immobilier new-yorkais, le roi du *deal* – mais la question qui s'était posée aussitôt, sans que personne dans ses équipes ait trouvé de réponse satisfaisante, c'était de lui trouver un équivalent français : Tapie était définitivement grillé, Bolloré trop secret, Arnaud Lagardère trop fantasque. Et si c'était lui, finalement, le candidat idéal – le plus mystérieux, le plus authentique des self-made-men français, avec l'aura ambiguë d'une sorte de Pygmalion ?

Cela faisait un certain nombre d'années déjà que des inconnus remettaient leur destin entre ses mains, et qu'il avait charge d'âmes. Et si sa communication d'entreprise revenait sans cesse sur les déjà belles carrières de Jenifer, de Nolwenn et d'Élodie Frégé, les trois premières lauréates de la *Star Academy*, Sébastien était secrètement hanté par le cas Loana, le patient zéro de la téléréalité en France, qui avait mal supporté sa soudaine notoriété, et dont il savait depuis plusieurs mois qu'elle n'allait pas bien. Il y avait eu, dans plusieurs pays, des suicides d'anciens candidats, et on se rapprochait lentement du grand fantasme des films hollywoodiens sur la télé : la mort en direct. On s'en était, pour le moment, tenu à la mort programmée de Grégory Lemarchal, le vainqueur de la quatrième saison de la *Star Academy*, atteint de la mucoviscidose – et Sébastien, avec toute l'équipe éplorée de Pandore France, avait assisté, deux semaines plus tôt, aux obsèques du chanteur, célébrées par le frère d'Anne-Sophie, Anne-Sophie qui avait soutenu, depuis la régie, le jeune homme du début à la fin, des premiers castings à sa victoire finale. Et Sébastien avait laissé faire, comme si tout cela était une bonne action, un acte de charité exceptionnel – ses seules réserves avaient justement porté sur le risque qu'on courrait à transformer une émission de type *Big Brother*, reposant en dernier lieu sur la cruauté du public, en émission de type *Téléthon*. Le fait que la gagnante de la saison suivante, Magalie, tienne plutôt de l'antistar, lui avait d'ailleurs donné raison : nommée quatre fois, et quatre fois repêchée par le public lors du *prime*, elle faisait clairement l'objet d'une traction bizarre entre celui-ci et la production, qui tenait plus du mouvement d'humeur que de l'intérêt artistique. Les 40 % de part de marché attendus avaient été atteints – mais il fallait surtout remercier Balavoine – et l'image de l'émission avait souffert ; elle était désormais condamnée, à moyen terme.

Il faudrait, pour corriger le tir, écrivit Sébastien dans un mémo à l'intention d'Anne-Sophie, intégrer la mauvaise humeur du public au dispositif : les candidats ne seraient pas là pour être admirés, mais pour être percés à jour. Il pourrait s'agir d'une téléréalité à énigme, avec des candidats ni tout à fait anonymes, ni tout à fait célèbres : ils auraient par exemple une ascendance célèbre, une participation à un fait divers, un lien à l'histoire commune.

On décida d'appeler l'émission *Secret Story*, et l'équipe casting se mit aussitôt à la recherche de ces candidats atypiques, à double fond. Sébastien lut avec intérêt le

CV d'un candidat potentiel, rescapé de la prise d'otages de la maternelle de Neuilly en 1993 – ce serait une façon parfaite de faire allégeance au futur candidat de la droite à la présidentielle. On retint aussi une victime de l'attentat du RER de Saint-Michel et une survivante du tsunami de 2004. Les autres candidats, discret hommage de Sébastien à l'inventeur des castings sociaux, auraient tous pu être invités à *Ça se discute*, et voir leurs secrets communiqués à Delarue via son iconique oreillette : « Je suis bisexuel, strip-teaseuse, j'ai un QI de 140, je suis né sous X, je suis un prêtre défroqué, je vis avec le cœur d'un autre. »

Ce serait un retour aux fondamentaux du *Loft*, à l'ADN compétitif et carcéral de la téléréalité originelle – l'ingénuité en moins. TF1 avait d'ailleurs exigé, comme M6 en son temps, la réunion d'une commission de déontologie – on avait repris exactement les mêmes, mais cette fois-ci Sébastien s'était abstenu d'y participer, il n'avait plus de temps à perdre avec ça, la téléréalité était entrée dans les mœurs. À peine avait-il échangé quelques mots avec le père Mathieu.

— Votre opinion n'a pas changé, mon père, sur les productions Pandore ? Vous allez continuer à nous absoudre ?

— La téléréalité est devenue comme la prison qu'elle a toujours été, au fond : tout y est détestable, mais quelle société aurait l'audace de se passer d'elle ?

— Vous y voyez un mal nécessaire ?

— Un puits sans fond, plutôt, de ceux autour desquels nous sommes statutairement tenus de rôder. Pas de guillotine sans prêtre, pas de téléréalité sans confessionnal. C'est comme au jeu de l'oie : à partir du moment où quelqu'un active la case du puits, elle ne se refermera plus jamais, il faudra au malheureux captif y attirer quelqu'un pour espérer en sortir. Pandore, évidemment. L'enfer de la libre concurrence. Je n'aime pas la téléréalité, non, les rares espérances que j'y mettais ont été déçues. Mais vous, non, vous ne m'avez pas déçu. Si je devais sauver une chose, ce serait le soin que vous y mettez. Votre détestation du hasard me fascine, et je la trouverais presque diabolique, si je croyais au diable.

— Vous ne croyez pas au diable ?

— Je ne crois pas au diable comme ennemi de Dieu, si vous préférez. Je crois à Lucifer comme au plus beau des anges. Celui qui fut le plus proche de la divinité et qui s'en éloigna par orgueil.

Sébastien décida alors de se retourner, dans un mouvement que personne n'aurait imaginé, contre Frank van Dor lui-même, pour devenir l'unique empereur de la télévision européenne : Telefónica, forcé par l'explosion de la bulle Internet et l'envolée de sa dette à se séparer de ses activités non stratégiques, s'apprêtait à revendre Pandore pour la moitié seulement du prix auquel il l'avait acheté – et on disait que van Dor reprendrait volontiers son bien. Mais Sébastien, qui possédait désormais une importante participation dans le groupe, et qui avait considérablement étoffé son carnet d'adresses, sentait qu'avec l'aide des banques, de quelques grands patrons et de l'ambitieux ministre de l'Intérieur, Nicolas Sarkozy, le favori de la prochaine présidentielle, dont il s'était fait un ami, il pourrait atteindre la puissance de feu requise pour partir à l'assaut de son vaisseau mère.

Le hasard voulut que ce soit le soir de l'élection de Sarkozy – que Sébastien était venu fêter au Fouquet's – qu'il avait appris, du nouveau président lui-même, que l'affaire venait de lui échapper. Celui-ci venait de recevoir les félicitations de Berlusconi par téléphone, qui lui avait incidemment appris, profitant, lui, d'un moment de pause dans sa carrière politique, qu'il était revenu à ses premières amours télévisuelles, en s'associant à van Dor pour racheter Pandore à Telefónica.

Sébastien blanchit de rage ; il revit les larmes des académiciens perdant en finale, les colères des lofteurs, les crises de panique des célébrités sur les rives de l'Orénoque. Tout lui arrivait en désordre, des sentiments qui n'étaient pas les siens, des situations qu'il n'avait pas vécues, des crises dont il n'était que l'inspirateur lointain ; la pyramide volait en éclats et il était projeté, soudain, de sa pointe éclatante au néant glacé de la neige cathodique. Il dut s'asseoir à la première des tables qu'il trouva, celle des plus affamés des Sarko boys, où Villandry, le conseiller média du prince, le reconnut, et lui offrit un cigare – qu'il accepta pour dissimuler sa pâleur.

Il cherchait des yeux David, qu'il ne trouvait pas, et tentait de se souvenir en cet instant crucial des détails du contrat qui le liait à Pandore – et plus particulièrement d'une clause qu'il avait négociée à la dernière minute –, mais son avocat, malgré tous ses messages, restait injoignable.

Sarkozy rayonnait, et Sébastien entendit distinctement derrière lui Vincent Bolloré lui proposer de passer quelques jours sur son yacht, ce à quoi le président élu répondit qu'il se laisserait d'autant plus volontiers tenter qu'il n'avait jusque-là réservé, sur un coup de tête, que quatre jours dans une abbaye du Morvan.

— Vous ne craignez pas que le yacht, cela fasse un peu bling-bling ? s'inquiéta une voix de femme inconnue.

— J'ai été élu pour moderniser la France, lui rétorqua sèchement l'intéressé. Pas pour la ramener au Moyen Âge.

Ce terme de « bling-bling » fut une révélation pour Sébastien : l'époque, il le comprit en un instant, avait changé, et la France était prête, avec le héros de télé-réalité qu'elle s'était choisi comme président, à adopter le comportement désinhibé des stars de la décennie : et si le *Loft* et toutes ses déclinaisons n'avaient été que des appartements témoins ?

Sébastien s'était projeté, l'espace d'un instant, en ministre du bling-bling – c'était d'ailleurs le sens de sa nouvelle émission, *Secret Story*, et cela allait bien avec le petit tintement que fit son BlackBerry quand son avocat répondit enfin à tous ses messages :

— J'ai vérifié, la clause tient. En cas de revente à un tiers, ce qui est bien le cas, selon les termes de ton contrat, ils devront non seulement te payer le solde de tes actions dans Pandore Worldwide, et même, tiens-toi bien, doubler la mise, comme stipulé en annexe. Et je dois saluer ton coup de génie d'alors.

— C'était l'année de la bulle. L'argent ne valait presque rien, tellement il y en avait…

— Il y en a encore : tu vas recevoir six cents millions. Tu gardes en plus tes 49 % dans Pandore France, et ils sont même obligés, cerise sur le gâteau, si tu l'exiges, de te revendre leurs parts à la moitié de leur valeur. Félicitations : tu viens de conclure l'affaire du siècle.

— Je reste prisonnier du marché français. Comme si j'étais assigné à résidence.

— Tu restes *leader* du marché français. Avec une énorme marge de manœuvre financière. Tu sais ce que tu vas faire de tout cet argent ?

— Je crois que je vais m'acheter un bateau, pour commencer.

Il vida d'un coup sa flûte de champagne et sortit marcher dans l'air encore chaud des Champs-Élysées. Ce fut alors la première fois, dans le long faux plat qui conduisait à l'Arc de triomphe, que Sébastien se retourna sur sa vie. Il avait seulement trente-trois ans, il avait déjà impressionné le monde, il était allé beaucoup plus loin qu'il aurait jamais rêvé d'aller en quittant sa vallée natale. Quel âge avait Napoléon quand il devint empereur ?

Il repensa pourtant, sans excitation particulière, à la cérémonie du sacre qu'il venait de laisser derrière lui : au fond cela ne lui avait pas spécialement donné envie – la politique lui apparaissait comme un domaine fastidieux. La saisonnalité de la télévision, avec ses rythmes plus soutenus, lui avait toujours semblé préférable, et l'audimat valait largement le suffrage universel : l'élection s'était faite dès le mois de février, avec les huit millions de téléspectateurs qui avaient regardé le candidat Sarkozy dans *J'ai une question à vous poser*. Tout était même acquis dès 2003, avec ses 29 % de part de marché à *100 minutes pour convaincre*.

Sébastien tenta de visualiser sa nouvelle fortune, de

donner une forme à la gigantesque quantité de cash qui l'attendait – mais plus comme à un nouveau jouet qu'on est impatient d'essayer qu'à une révolution de son destin. Il se vit à la tête d'un groupe d'hôtellerie et d'une chaîne de restaurants de luxe. Il allait convertir tout le patrimoine délaissé de la France au tourisme de prestige – il mettrait partout des lofts, des villas, des académies, le pays se transformerait d'un coup en un immense plateau de télévision, des monastères désolés reprendraient vie, des trois-étoiles remonteraient les ruines des anciens châteaux, des yachts géants mouilleraient dans tous les ports. Et des casinos, aussi, il ouvrirait des casinos : il n'allait pas se contenter du jeu en ligne.

Étude de cas : le monde.

Cela faisait bientôt quinze ans que Sébastien était arrivé à Paris et les choses s'étaient toujours merveilleusement bien arrangées autour de lui. Mais est-ce qu'il avait témoigné, au milieu d'elles, d'une ambition réelle, ou est-ce qu'elles s'étaient écartées toutes seules, sans le toucher vraiment ? Il frissonna en reconnaissant la vertigineuse sensation qu'il avait eue autrefois en lisant le livre de Debord : il n'était plus rien, à cet instant, qu'une place vide, un courant d'air, un degré de liberté pour les bras mécaniques du spectacle souverain. Il avait bien fallu qu'un animateur de talent rencontre un producteur sérieux, que Pandore pénètre le marché français, que TF1 lui cède presque l'exclusivité de ses émissions de flux. Comme il avait fallu, produit dérivé de toute cette excitation médiatique, que le candidat qui passait le mieux à la télé, et dont celle-ci était, après des décennies de candidats littéraires, le média de référence, remporte la première élection présidentielle de l'ère de la téléréalité. Tout s'était mis en place presque tout seul et pourtant quelque chose n'avançait pas, alors que Sébastien s'approchait de l'Arc de triomphe qui semblait conserver une taille identique – comme si le monde, sous ses pas, était une énorme boule tournant sur elle-même. Il repensa aux fameux rats de laboratoire, auxquels les adversaires du *Loft* avaient longtemps comparé ses candidats, et il se sentit pris à son tour dans une espèce de roue – passa furtivement l'image, que lui avait un jour montrée Philippe, d'une grande femme nue, ou du Christ lui-même, qui marchait sur une sphère, image aussitôt chassée par une phrase que David aimait répéter, et qui l'avait toujours agacé : « Nous ne sommes que des saltimbanques. »

Il croisa à cet instant, figure allégorique difficilement déchiffrable, un prince saoudien dans sa longue tenue blanche – et il se demanda quelle fortune gigantesque il fallait posséder pour se balader ainsi, nonchalamment, dans une ville étrangère.

Il n'aurait pas dû boire de champagne – l'ivresse, au lieu de lui apporter de l'euphorie, rendait toutes les choses mesquines, de la soirée présidentielle, là-bas, à ce bateau futur qui ne lui paraissait déjà plus qu'une machine à diminuer la taille du globe jusqu'à ce qu'il soit suffisamment petit pour passer sous l'Arc de triomphe. Tout se résumerait-il désormais à la satisfaction puérile de marquer d'autres buts ? Quelle était la parabole du père Mathieu, déjà, sur le chameau et le royaume de Dieu ? Avec un peu d'argent et un peu de chance, tout rentrerait sans problème dans n'importe quel trou d'aiguille.

Il était passé, lui-même, à travers les aiguilles de Buis-les-Baronnies qui fermaient sa vallée. Le monde ne présentait aucune difficulté majeure – la boule était petite et lisse. Ces quinze dernières années, pas une seule fois Sébastien n'avait rencontré d'obstacles véritables, tout était toujours rentré, après un nombre minime d'opérations, d'appels et de réunions, dans les catégories exhaustives du vieux plan comptable général qu'il gardait précieusement, plié en accordéon, dans un tiroir de son bureau de Boulogne.

Sa fortune commençait sur l'extraordinaire constat de son inutilité et sur la mélancolie inédite de son possesseur. Même sa femme et leurs futurs enfants, le sentiment d'éternité ténue qu'il apercevait quand il s'imaginait jouer avec eux, cela ressemblait, par anticipation, à une mission que lui aurait donnée la Voix d'une de ses émissions de téléréalité : « Épouse Éléonore, fonde une famille et deviens multimillionnaire. » Comme si être riche, encore plus que d'être né pauvre, lui gâchait par avance le spectacle du monde.

Et il fit soudain demi-tour en direction du Fouquet's, se demandant si David était finalement arrivé – son plus proche ami, celui dont il enviait l'inconsciente chaleur humaine. Il l'avait vu, chaque fois qu'ils étaient ensemble et que quelqu'un l'avait reconnu quelque part, redevenir l'animateur qu'il était, non pas par accident ou par chance, mais par essence : il avait confié la gestion de son âme au public et en recevait ainsi les dividendes aux moments les plus inattendus, et avec une joie toujours égale. Sébastien jalousait, finalement, ses équilibres de saltimbanque : tant qu'un micro, qu'une caméra seraient allumés quelque part, et qu'on lui garantissait que quelqu'un l'écoutait à l'autre bout, il conserverait son énergie inépuisable.

Sébastien se rappela aussi sa montée à Paris, dans la voiture de Patrick Lepape, et de ce moment où l'employé du péage avait reconnu l'animateur. Lui, qui le reconnaîtrait ? Il avait jusque-là écarté toutes les demandes d'interview, presque aucune photo de lui n'existait, il n'y avait quasiment aucune archive : il était un fantôme, l'enfant discret et anonyme de sa vallée perdue. Et avec un frisson, il se demanda même si tout cela avait seulement eu lieu, quand il reconnut une mince créature qui s'échappait, dans sa direction, de la foule massée devant le Fouquet's : c'était le tressautant Alain Minc.

— Cher Sébastien, j'ai appris, à l'instant, l'alliance entre van Dor et Mediaset, et je vous cherchais.

Il se souvint que l'homme, connu pour être le conseiller préféré des grands patrons français, s'était présenté, plus singulièrement, comme leur *confesseur*, quand ils s'étaient vus pour la première fois à un dîner du Siècle, où Anne-Sophie l'avait fait admettre. Et c'était peut-être cela qu'il ressentait ce soir : le besoin de se confesser, de se découvrir enfin une espèce d'âme, dans la vaste réorganisation politique et sociale qui commençait avec l'élection providentielle de Sarkozy.

— Nous ne voyons rien, cher Sébastien, tout nous échappe toujours. Les forces de l'argent sont invisibles, et nous autres, puissants occultes de ce monde, capitalistes et aventuriers, sommes encore plus à la merci de la fortune que tous les princes de la politique – eux ont des armes pour se défendre, une administration et une police. Nous, nous n'avons que nos titres de propriété sur ces entités liquides sur les destinées desquelles nous prétendons gouverner…

— Vous ne saviez pas que Berlusconi et van Dor allaient s'entendre ?

— C'était la part inconnue de l'équation. Mais n'importe quel historien de l'art aurait pu vous apprendre que ça communique bien, entre les Flandres et l'Italie, quand il s'agit de produire des images ou d'enclencher des bascules civilisationnelles. En l'espèce, cependant, je crois que le coup est plutôt venu du vieux royaume de France. On dit que Le Lay aurait pris ombrage de votre titre officieux de directeur des programmes. TF1 s'inquiète de sa dépendance à Pandore France, et vous voilà, de façon providentielle pour eux, puni de vos rêves de démesure – saviez-vous que, chez Bouygues, votre nom a circulé, comme un possible successeur de Le Lay ?

— On me l'a dit.

— On vous jalouse et on vous admire. Votre épatant parcours a fait mentir le cynisme de Le Lay et démontré aux sceptiques que faire de la télévision ne se limite pas à vendre du temps de cerveau disponible à Coca-Cola…

— Je ne veux plus jamais entrer dans une partie dont j'ignore la totalité des règles.

— Alors bienvenue dans le capitalisme français, jeune homme. Avez-vous lu *La société du spectacle* ?

Minc dit cela avec un petit sourire, très fier de son effet. Il devait déjà avoir fait le coup à quantité d'aspirants *tycoon*, à Lagardère ou à Messier, à Bolloré ou à Bouygues. Mais Sébastien avait bien lu *La société du spectacle*, et il voyait exactement où Minc voulait en venir : la vieille crise de panique était de retour, les forces déchaînées du spectacle étaient revenues, et avec elles le sentiment qu'il avait d'apercevoir l'envers mécanisé des choses.

— Ce qu'explique Debord est très simple : c'est la transformation en *esthétique* des thèses économiques de Marx. Il part de l'idée que le capital est invisible – c'est un rapport de domination, une force aussi puissante et universelle que la gravité. C'est tout ce qu'on ne voit pas, mais qu'on ressent sans cesse. Du moins c'était le cas jusqu'à l'apparition de la société du spectacle. Et c'est là que vous intervenez. Votre rôle, dans tout cela, est moins anodin que vous croyez : *vous donnez à voir*. On a besoin de vous. De vos naufragés, lofteurs et autres académiciens. Ce sont eux, en dernier lieu, qui nous manipulent – ou du moins qui détiennent la vérité de tout cela. Le numérique est un océan qui vient de s'ouvrir et dont nous ignorons la profondeur. Mais eux, avec leur petite célébrité, et bien obligés de dériver pour survivre dans cet environnement inconnu, il faut les voir comme des éclaireurs.

— Vous pensez que la téléréalité aura accéléré la fin de la télévision ?

— C'est un point de non-retour, probablement. Qui voudrait encore des stars et de la verticalité dans cet environnement liquide ? Mais on peut aussi considérer qu'ils sont devenus leur propre média. Que l'avenir c'est le *personal branding* – c'est comme cela que le capitalisme est déjà en train de se réinventer en Californie.

— En somme, j'ai le bon produit, mais pas le bon média.

— La télévision, incontestablement, est entrée dans sa phase de déclin. On finira, et plus vite que l'on croit, par consommer des images directement à la sortie du tube, sur des sites vidéo – la grande intuition de mon ami Messier, notre dernier Cassandre, le prophète malheureux de la convergence tuyau-contenu. Mais gardez confiance. Le quinquennat qui s'ouvre est plein d'opportunités pour vous. Nous allons commencer par assurer votre rente, et par vous réconcilier de façon durable avec Le Lay. J'ai déjà conseillé au nouveau président de supprimer la publicité sur le service public. Une belle mesure de gauche, une vieille lubie des lecteurs de *Télérama*. Et un beau cadeau à TF1.

— Et ensuite ?

— Il vous faut un empire. La France va connaître, dans toutes sortes de domaines, un sursaut libéral : cela va être le paradis pour des gens comme vous. Il faudra être audacieux, et imaginatif. Vous diversifier encore plus. Mais pour le dire de façon lapidaire, vous êtes celui sur lequel j'aurais le plus envie de parier. Vous allez être, je vous le promets, l'homme le plus courtisé de France pendant les années qui viennent, l'enfant chéri du capital. Amusez-vous bien !

Sébastien avait peu envie de s'amuser dans l'immédiat. Il voulait, en bon industriel, en bon capitaliste – si sa rencontre fortuite avec Minc valait quelque chose, c'était cela : un brevet de capitaliste –, vérifier la qualité de son outil industriel, à la veille du lancement de son dernier concept – inspecter la case 21534 du jeu de l'oie de sa vie : « installations à caractère spécifique sur sol d'autrui ».

Il monta dans le premier taxi, directement plein nord, vers le studio de la Plaine-Saint-Denis où on terminait le montage du décor de la première saison de *Secret Story* – c'était en France, cette fois, et non aux Pays-Bas, que le concept était né, et l'avenir de la téléréalité dépendait sans doute du succès de cette première mondiale.

Le vigile ne l'ayant, logiquement, pas reconnu, et son taxi venant de repartir, Sébastien se retrouva au milieu de la nuit dans la plus sinistre des imitations d'Hollywood. Il fit en vain le tour de l'édifice anonyme, protégé par un mur rehaussé d'un bardage en tôle bleue. Tentant d'apercevoir, sur son toit, la Maison des Secrets – l'ancienne villa abandonnée d'Azoulay, qui n'avait pas été détruite, et que Sébastien avait fait réaménager façon loft – il se perdit dans les rues avoisinantes, se retrouvant pour finir devant des entrepôts de textiles à enseignes chinoises – le Sentier de sa jeunesse s'était déplacé ici et avait changé d'identité en changeant de millénaire. Sébastien entrevit, l'espace d'une seconde, l'immensité du marché télévisuel chinois, avant de revenir sur ses pas, décidé à convaincre le vigile – c'était une bonne façon de tester ses capacités de négociation.

Le vigile, cette fois, le laissa entrer – il avait tout simplement, pour gagner du temps, menacé de le licencier. Le studio n'était éclairé que par les panneaux « issue de secours », et aucun d'eux ne réussissait à générer plus qu'un halo lumineux sur des parties vides de l'immense espace. À l'exception de ce qui devait être un dépôt pour les décors des émissions qui se succédaient normalement ici en semaine : les hauts fauteuils de bar d'une émission de débats, les grands panneaux remplis de faux livres d'une émission littéraire, la table en bois clair d'*On ne peut pas plaire à tout le monde*, mais aussi celle en plastique transparent de *Télés Dimanche*, dans laquelle étaient encore incrustés d'anachroniques écrans à tubes cathodiques aux bobinages et aux aimants apparents. Il y avait encore, dressée à la verticale, la roue de la fortune, première version, celle de l'époque de Patrick, étonnamment conservée là.

On distinguait à peine, accrochée au plafond du studio, la pièce cachée de la Maison des Secrets, qui formait comme la coque d'un bateau telle qu'on l'aurait aperçue du fond de la mer. C'était l'idée que Sébastien avait eue pour mettre enfin à profit l'existence, toujours contrariante, de la pièce CSA : l'une des candidates serait en réalité incarnée par des triplées, qui se relaieraient dans cette pièce inconnue, donnant lieu aux meilleurs quiproquos de théâtre qu'on ait jamais vus.

Sébastien rejoignit l'escalier qui zigzaguait jusqu'au toit du studio et s'arrêta à sa dernière plate-forme, pour avoir une vue d'ensemble sur le bâtiment vide et légèrement verdâtre qui lui évoqua un hangar de la NASA privé de sa fusée. Arrivé sur le toit du bâtiment, il s'avança en direction de la Maison des Secrets, avec le Sacré-Cœur, énorme, en arrière-plan.

La piscine avait déjà été installée : elle jouerait, dans quelques jours, comme celle du *Loft*, un rôle initiatique majeur pour des centaines de milliers de téléspectateurs – pour une génération entière.

La maison était, elle aussi, seulement éclairée par la lueur verte des panneaux « issue de secours ». Sébastien passa d'une pièce à l'autre, s'assit sur un lit, vérifia le fonctionnement du frigo, tira une chasse d'eau, embua les miroirs sans tain, pinça les feuilles d'une plante grasse en se demandant si elle était en plastique. Il vérifia, en tapant contre une paroi, que l'escalier qui conduisait à la chambre souterraine, indispensable au futur numéro des triplées, était bien indécelable.

Il découvrit enfin ce qu'il était venu chercher, le confessionnal, et s'assit sur le fauteuil blanc au milieu des nuages en matière synthétique accrochés au plafond.

Sébastien ne trouva d'abord rien à dire, en fixant avec intensité l'emplacement de la future caméra. Puis il tenta un modeste « bienvenue chez moi », qui sonna assez faux.

« À partir de maintenant, vous êtes mes invités. »

Cela sonnait mieux.

C'était comme s'il avait vaincu une à une toutes les créatures du monde de la télé, comme s'il s'était accroché à ce qu'elles avaient d'incomplet pour se hisser jusqu'à ce trône. Et l'image qu'il se fit de sa vie ressembla à ce jeu de société de son enfance qui consistait à déplacer des pions entre des roues dotées d'encoches.

Quel avait été, alors, son mystérieux adversaire, qui lui avait laissé gagner presque tous ses coups ? À peine eut-il formé l'hypothèse, raisonnable, que cet adversaire n'existait pas, ou bien que c'était une entité chimérique, comme la revanche sociale ou le goût de la réussite, qu'il se souvint de sa conversation avec le père Mathieu sur l'existence du diable – et il se dit, pris d'une crise de tremblements irrépressibles, que cela pourrait être le nom de cette force venue le chercher autrefois au fond de sa vallée pour le faire monter, monter sans cesse à travers les roues coordonnées d'une machinerie inconnue.

Il venait de découvrir quel était son péché capital, selon la théorie de Véronique : c'était l'orgueil. C'était l'orgueil, et personne n'en avait encore rien vu.

Les années Sarkozy, le quinquennat qui commençait, avec leur mélange de brutalité et de sentimentalisme, lui appartenaient. Il en avait été l'un des précurseurs, l'un des penseurs et des visionnaires, il en serait encore, pour les années à venir, le principal ordonnateur – l'architecte d'intérieur des âmes de ce temps.

« Candidats, téléspectateurs, célébrités ou anonymes : bienvenue dans mon monde. »

Il garda un sourire figé pendant quelques secondes, et s'effondra en larmes. Il pleurait tellement qu'il eut peur que le sel de ses larmes n'abîme le revêtement du fauteuil.

Il courut enfin à travers la Maison des Secrets et se retrouva sur le patio juste à temps pour voir le Sacré-Cœur s'éteindre.

Un sourire ambigu chassa définitivement ses larmes.

7

Le reste appartient à la légende.

Sébastien Bitereau ne fit presque plus aucune apparition publique après la nuit du Fouquet's. Des rumeurs prétendirent qu'il vivait dans une pièce cachée de la Maison des Secrets, qu'il en était la Voix, voire l'un des candidats déguisés qui revenait, d'année en année, sous des incarnations nouvelles. Mais les rumeurs s'éteignirent d'elles-mêmes, faute d'aspérités à accrocher au personnage qui continuait de refuser toutes les demandes d'interview.

Anne-Sophie était devenue le seul visage de Pandore France, le seul interlocuteur de ses contrats avec les chaînes – le groupe avait entre-temps repris le nom de la toute première société qu'avait créée son fondateur, Sud Production, et continuait son irrésistible expansion.

Secret Story avait spectaculairement pris le relais de la *Star Academy* déclinante : ce serait le meilleur jeu de société auquel la France aurait jamais joué. L'émission connaîtrait un succès immense, le dernier de cette échelle pour une émission de téléréalité. En forçant les téléspectateurs à spéculer non plus seulement sur celui qui allait sortir, mais aussi sur les secrets de ceux qui allaient rester, le concept devait ainsi particulièrement bien s'épanouir sur les réseaux sociaux, bouleversement majeur de l'économie de l'attention, qui allait reléguer la télévision de premier écran à second, et transformer l'expérience familiale en rituel sans véritable centre, sinon algorithmique.

Sébastien réalisa-t-il alors un vieux rêve de jeunesse, comme on a pu l'écrire, en rachetant la société qui détenait les droits de *Fort Boyard*, le chef-d'œuvre de Jacques Antoine, le plus grand inventeur de formats de la télévision française ? C'est en tout cas ainsi qu'il réapparut, brièvement, visitant le fort dont il envisageait, put-on lire dans la presse locale, de faire sa résidence principale – un communiqué, signé Anne-Sophie et destiné à apaiser la colère des fans, démentit la rumeur, mais l'article interrogea, et de *50 minutes inside*, sur TF1, à *Accès privé*, sur M6, on enquêta sur les étranges lubies du producteur invisible. On découvrit ainsi qu'il vivait sur le yacht effilé qu'il s'était fait construire, *L'aiguille*, et qui avait Saint-Tropez pour port d'attache. Le bateau était au nom de sa société de production, pour d'évidentes raisons fiscales, et le spectre du *Phocéa*, le bateau qui valut six mois de prison ferme pour fraude fiscale à Tapie, ressurgit un instant. Mais tout était en règle, le producteur y avait personnellement veillé.

Sud Production avait aussi racheté *Télérama* au *Monde* et *Télé 7 jours* à Lagardère, mais sans essayer, comme on avait pu le craindre, de fusionner leurs rédactions.

Plus insolite encore apparut, aux yeux des connaisseurs

du paysage audiovisuel français, le rachat de la société de production de Cyril Hanouna, qui avait commencé sa carrière comme chroniqueur dans *Triple 7*, et qui, d'échecs en échecs, s'était retrouvé relégué sur France 4 où il animait une médiocre imitation des grandes émissions d'analyse de la télévision d'autrefois qui tournait, avec ses chroniqueurs récurrents et *has been*, plus à la commedia dell'arte qu'à la critique des médias. Cela ressemblait parfois à une version poussée à l'extrême du *Loft*, dont les candidats n'auraient rien fait d'autre de leur journée que de regarder la télé, et de venir le soir en plateau pour raconter ce qu'ils auraient vu. Lentement, l'émission en sursis améliora pourtant ses audiences et s'imposa – fusion terminale du talk et de la téléréalité – comme la toute dernière émission de télévision familiale de France, tandis que Cyril Hanouna, contre toute attente, allait être progressivement considéré comme le meilleur animateur de sa génération. Et l'on comprit que Sébastien, où qu'il puisse bien être, amarré au port de Saint-Tropez ou parti revivre les aventures d'Ulysse à travers toutes les îles de la Méditerranée, n'avait rien perdu de son exceptionnelle intuition des attentes du public.

Aux journalistes qui avaient entendu parler de leur ancienne amitié, et qui voulaient savoir qui était vraiment le producteur mythique de l'émission, Philippe répondait invariablement : « Prenez Hanouna, imaginez son double inversé. Vous avez le bouffon, imaginez le roi. »

Sébastien acquit aussi Air Productions, la société de Nagui, revenu depuis longtemps sur le service public, où il régnait sur les *access* du midi, avec *Tout le monde veut prendre sa place*, et à qui Sébastien offrit ceux du soir, grâce à *N'oubliez pas les paroles*, l'un des premiers concepts d'émission qu'il avait imaginé, et qui avait ainsi enfin trouvé son présentateur. Le come-back des années Elkabbach aurait été complet si Delarue s'était laissé lui aussi convaincre de céder Réservoir Prod, mais leur rendez-vous s'était avéré si inquiétant que Sébastien était reparti sans formaliser aucune proposition d'achat.

Delarue, l'éternel gendre idéal de la télévision française, et au fond le seul qui aurait pu l'inquiéter, si celui-ci n'était pas devenu son propre rival, vivait alors dans un immense appartement de la rue Bonaparte, entre les Beaux-Arts et l'Académie française – une sorte de purgatoire pour un enfant de la télévision. Ils s'étaient sans cesse ratés. Sébastien lui reprochait d'être resté trop attaché à la forme passée du reality-show quand il avait su, lui, se lancer dans la révolution de la téléréalité – ce n'était rien, en apparence à peine plus que la francisation d'un mot, mais c'était comme cela qu'il était devenu quasiment milliardaire : un capitaine d'industrie, un homme sans attache, quand Delarue était resté, étrangement, attaché au service public. C'est comme cela qu'il avait raté le deal du siècle avec Pandore, à cause de son esprit de sérieux, de son côté bon élève : c'était son côté Jekyll qui lui avait été le plus préjudiciable, même si son côté Hyde l'avait largement rattrapé – sa consommation de cocaïne était depuis longtemps légendaire, et dès ses débuts dans le métier Sébastien avait entendu cette rumeur selon laquelle il se serait fait poser une plaque en or dans le nez pour remplacer sa cloison nasale détruite.

Il venait aussi d'agresser une hôtesse de l'air, et France 2 avait fini par l'évincer de l'antenne. Mais malgré tout cela, Sébastien le craignait encore.

En découvrant ce jour-là l'état, absolument chaotique, de l'appartement de la rue Bonaparte – un lustre en cristal effondré sur le sol, les tableaux plus nombreux que dans un atelier de peintre, et simplement posés contre les murs, les consoles marquetées, en marbre et en bois précieux, sans doute destinées à la consommation de la cocaïne, mais renversées un peu partout – Sébastien se mit à bénir son obscure extraction provinciale, sa prudence paysanne. Il avait ainsi toujours gardé vis-à-vis de Paris une méfiance instinctive qui l'avait protégé de ce genre de vie, à laquelle la province associait le monde de la télévision.

C'était le milieu de l'après-midi, les rideaux étaient toujours tirés et de nombreux inconnus dormaient dans les canapés ; la fête venait sans doute à peine de finir.

Un type chauve, plutôt âgé, avec de larges lunettes noires, et qui parlait bizarrement, débarqua dans la pièce.

— Où est Jean-Luc ? Vous avez vu Jean-Luc ?

S'il n'avait pas été en slip, Sébastien aurait pu le prendre pour un huissier.

— Je le cherche aussi, nous avons rendez-vous.

— Bien. Aidez-moi, alors. Nous sommes en pleine partie de cache-cache, et il demeure insaisissable, dit le grand chauve en zozotant.

Sébastien le suivit jusque dans la salle de bains, visitant toutes sortes de pièces, certaines remplies de livres, d'autres étrangement vides.

— Il ne reste plus que la buanderie et la cuisine. Mais il n'est quand même pas dans la machine à laver ?

— Regardez toujours.

Sébastien bénit le ciel de s'être associé avec un David, plutôt qu'avec un Delarue.

— Retournons voir dans la cuisine.

Sébastien nota cette fois, en plus du désordre hallucinant, des dizaines de bouteilles de champagne vides au milieu des cartons de pizzas, de la vaisselle, dorée et sale, qui débordait des éviers géants et des sacs-poubelle qui s'entassaient partout, un détail encore plus insolite : la présence, sur la table, d'une énorme quantité de yaourts.

— Je dirais qu'il est dans le frigo.

— Mais bien sûr ! s'exclama l'étrange type. Ah, mais merci, merci d'être venu ! Vous venez de sauver ma matinée !

— Euh, il est 15 heures passées...

Le temps que Sébastien se demande dans quel monde il était tombé – c'était comme la téléréalité d'un pays inconnu –, Delarue, l'homme qui avait fait tomber Elkabbach, apparut, recroquevillé dans le bas du réfrigérateur.

— Sébastien Bitereau ! Mais oui, nous avons rendez-vous ! Vous avez vu les détails des comptes de Réservoir Prod ? On signe toujours aujourd'hui ?

— Vous n'êtes pas venu au rendez-vous...

— Je me suis endormi, je crois, dans ce réfrigérateur...

Il avait en effet les lèvres bleues, et Sébastien se mit à craindre l'overdose. Il alla chercher une grande couverture sur un lit – surprenant un couple en plein acte sexuel.

Le temps de revenir dans la cuisine, Delarue avait disparu. Ils le retrouvèrent cette fois dans la seule pièce impeccable de l'appartement, ses lunettes sur le nez, assis à son bureau, en costume – et sa transformation instantanée en icône télévisuelle était presque plus effrayante encore que son incarnation précédente.

— Je ne sais pas si vous vous êtes présentés. Sébastien Bitereau, le roi de la télé. François Weyergans, écrivain belge, prix Goncourt et futur académicien. Je l'ai pris sous mon aile, ça faisait longtemps que je n'avais pas fait de fêtes aussi démentes, nous réseautons à mort : j'organise son transfert de mon salon à la coupole voisine !

— Et moi, répondit sagement le chauve, je fais consciencieusement mes devoirs : je lis les livres de mes futurs collègues, et je leur écris de belles lettres manuscrites pour les complimenter.

— Montre-lui ton stylo-plume !

— C'est un Namiki. C'est japonais. Ça fait une magnifique écriture. C'est un cadeau de Jean-Luc.

— Oui, une écriture merveilleuse. Tu as fait ta lettre, d'ailleurs ?

— Non, j'allais justement m'y mettre.

— C'est au tour de qui aujourd'hui ?

— Je crois que c'est Frédéric Vitoux.

— Tu es à jour, dans tes lectures ?

— J'ai pris du retard.

— Commence au moins ta lettre, tu la compléteras demain : nous allons l'inviter, il pourra lui-même t'en dicter des passages ! Allez, file : je dois m'entretenir de choses sérieuses avec mon ami.

Sébastien avait assisté, sidéré, à leur échange, sans

réussir à percer la nature de leur relation – ils semblaient tous les deux, et en dépit de leur différence d'âge, se traiter comme des enfants.

— Je voulais une certaine confidentialité pour avoir ton avis, cher Sébastien. C'est un beau stylo, n'est-ce pas, que vient de te montrer François. Il ne sait même pas, le grand naïf, combien ça m'a coûté. J'envisage de l'utiliser comme modèle pour son épée d'académicien : qu'est-ce que tu en penses ?

Sébastien n'en pensait pas grand-chose, et c'est sur cette question irrésolue qu'il laissa, ce jour-là, l'ancien petit génie de la télévision française, qu'un cancer devait emporter quelques années plus tard, sans lui laisser le temps de relancer sa carrière – mais il eut au moins la satisfaction de voir Weyergans devenir immortel.

Amarré aux rivages mouvants de la Méditerranée, Sébastien utilisait désormais sa fortune pour se bâtir un empire aux contours encore flous, mais qui ne serait plus seulement télévisuel – un empire étrangement personnel.

Il rachetait ainsi, de la Drôme provençale au Luberon, de l'Esterel au Mercantour, des bastides isolées, des monastères en ruine, parfois des villages entiers. On l'aperçut à Isola 2000, dans des restaurants étoilés de Courchevel, dans le refuge d'un milliardaire en Camargue. Il possédait des vignes, des champs de lavande et des oliviers millénaires. Il avait investi à Marseille dans un restaurant du vallon des Auffes, à Perpignan dans la cuisine expérientielle, pris des participations dans une parfumerie à Grasse, chez un céramiste de Vallauris, relancé la culture de la soie dans une vallée des Cévennes, du citron à Menton. Il avait obtenu, enfin, des moines de la Grande Chartreuse, la recette secrète de leur liqueur de plantes, qu'on commençait à retrouver, sur la côte, dans toutes sortes de cocktails – notamment dans la discothèque, entre Pierrelatte et Montélimar, dont il avait offert la gérance à Jean-Édouard, l'ancien héros du *Loft*.

On disait qu'il avait pleinement recouvré son accent provençal, et on lui prêtait des ambitions politiques, depuis qu'on l'avait entendu dire, à la terrasse de son restaurant marseillais, et suffisamment fort pour qu'on l'entende à la table voisine, occupée par des journalistes locaux, qu'il était mystérieux que le sud de la France, et la Provence en particulier, n'ait presque fourni aucun homme d'État à la Ve République : briguerait-il un jour la mairie de Marseille ?

L'information avait été reprise dans un grand portrait, elliptique, publié par *Vanity Fair* et titré « L'empereur du Sud ». Le journaliste était parti, en vain, à la recherche des causes de son départ de la capitale, préférant spéculer sur une humiliation cachée, une disgrâce inavouable, plutôt que d'imaginer qu'il était simplement venu là pour se réconcilier avec lui-même. L'article reprenait, du reste, les rumeurs habituelles : son nom avait été plusieurs fois cité comme celui d'un possible repreneur de l'OM ; on le disait possesseur d'un palais à Venise et d'une île des Cyclades, on avait même pensé un temps que Sarkozy, qui préférait, de l'autre côté de l'anse de Cavalière, la villa de sa nouvelle épouse au cap Nègre, aurait été prêt à lui céder Brégançon.

On en avait fait également un résident monégasque, avant de le faire voyager un peu plus loin, quand on annonça qu'il aurait acheté la principauté autoproclamée de Sealand, installée sur une plate-forme fortifiée de l'embouchure de la Tamise, où l'absence de lois lui aurait permis de pousser l'expérience de la téléréalité aussi loin qu'il l'aurait toujours secrètement désiré. *L'aiguille* aurait également été photographiée mouillant au large d'Arros, une île des Seychelles propriété de Liliane Bettencourt, la femme la plus riche de France : y aurait-il bientôt un nouveau *Survivor*, plus cruel que les autres, une *Île de la tentation* destinée à complètement réinventer le mythe du péché originel ?

Il semblait plutôt, aux observateurs perspicaces, que Sébastien tentait de bâtir, au côté des gigantesques groupes d'Arnault et de Pinault, un troisième empire français du luxe – un empire provençal, une version améliorée, *upgradée* du Club Med, à la destination exclusive de la hasardeuse jet-set, dont la recherche de lieux reculés était depuis longtemps contrariée par l'ouverture d'Ibiza, de Saint-Tropez et de Porto Cervo au tourisme de masse. Il fut ainsi question, au gré des réapparitions du nom de Bitereau dans la languissante presse magazine, d'un projet de cité flottante dans les eaux internationales, d'une relance complètement privatisée du Concorde et d'un hôtel spatial : c'était comme si on l'avait, cette fois, définitivement perdu, et on aurait sans doute fini par l'oublier, s'il ne s'était pas rappelé, de manière exceptionnellement bruyante, au monde de la télévision en rachetant, presque dix ans après sa première tentative, son ancienne maison mère, le groupe Pandore.

Au gré de ses reventes successives, celui-ci était devenu une propriété de Disney. Mais il s'était surtout imposé comme le premier producteur de programmes de flux du monde.

Sébastien accorda à cette occasion une interview, unique, au *Financial Times* : il y évoquait les synergies du marché européen, les conquêtes à venir des marchés américains et asiatiques, son intérêt pour l'Afrique ; l'avenir du média télé ne l'inquiétait pas, sa stratégie était multi-écrans, et il avait déjà survécu à l'irruption d'Internet, du portable, de YouTube et Netflix. Aux questions plus personnelles, il répondait simplement qu'il s'amusait de plus en plus, qu'il avait redécouvert son côté méditerranéen, qu'il se voyait même, avec ses chaînes de restaurants, ses hôtels, ses marinas privées, comme un ambassadeur de la qualité de vie provençale. Il en profitait pour annoncer le lancement, imminent, du *spin-off* de la série de téléréalité à succès du moment, *Les Parisiens*, équivalent francophone des *Kardashian*, avec l'arrivée d'une série appelée *Les Provençaux*, qu'il promettait d'emmener à leur tour faire la fête tout autour du monde, de Miami à Cancún en passant par Ibiza et Phuket. Le producteur rêvait aussi d'aller filmer Brad Pitt, Angelina Jolie et leurs six enfants dans leur domaine viticole de Miraval, où il avait eu la chance de se rendre plusieurs fois – l'actrice lui avait même montré la pièce de la bastide où saint Thomas d'Aquin aurait passé une nuit : pouvait-on rêver meilleur confessionnal ? L'interview s'achevait justement par une confession : le producteur, interrogé sur son accent méridional par une journaliste parfaitement francophone, reconnaissait qu'il en avait eu longtemps honte, mais qu'il avait, enfin, appris à l'apprécier. Et il finissait, rêveur, par rapprocher son métier de celui des troubadours, en expliquant que c'était en raison de sa passion pour leurs chansons d'amour, sorte de téléréalité d'alors, que le fils d'un marchand d'Assise, initialement appelé Giovanni, se fit appeler Francesco – *le Français*.

La suite est mieux connue, et donna lieu à quantité de reportages, ainsi qu'à plusieurs enquêtes policières et à des expertises, tout en faisant l'objet de quelques théories alternatives, de celle d'une arnaque aux assurances, hypothèse peu crédible, à celle, extravagante, d'une vendetta de van Dor, qui n'aurait pas apprécié de perdre ainsi, en finale, son titre de roi de la téléréalité.

On avait en tout cas décidé d'emmener, pour fêter les dix ans du format, *Provençaux* et *Parisiens*, magiquement réconciliés, affronter le reste du monde à Mykonos, pour y devenir les rois de la nuit. *L'aiguille* effilée du producteur partit ainsi pour la mer Égée, où elle devait servir de résidence aux apprentis DJ, danseurs, barmen et mannequins – achevant là sa croisière annuelle de défiscalisation.

Pour simplifier la logistique de l'émission, le yacht avait subi quelques aménagements, avec notamment la création d'un *helipad* sur son pont avant.

L'hélicoptère en était à sa troisième rotation, les Parisiens et la moitié des Provençaux étaient déjà à bord quand le patin de l'appareil, qui déposait les trois derniers Provençaux et un cameraman, se prit dans la structure surélevée, à cause d'une mer un peu forte. Le pilote, perdant soudain le contrôle de sa machine, tenta in extremis une manœuvre d'évitement, déchiquetant le flanc tribord du yacht avec les pales de son hélicoptère, avant de reprendre un peu d'altitude et de se retrouver nez à nez avec le bateau, pour aussitôt replonger sur lui quand la houle en souleva la poupe – il s'écrasa alors dans la piscine du pont arrière. L'enquête révéla que les cinq passagers de l'hélicoptère, les premiers morts de la téléréalité française, avec les deux occupants de la piscine, étaient morts noyés dans le bassin d'à peine un mètre de fond, aucun n'ayant réussi à s'extraire de la cabine – alors même que le bateau n'avait pas encore coulé.

Sébastien était dans son bureau, à bâbord. Il paraphait des documents qu'il venait de recevoir pour l'achat d'une forêt de la Drôme où il comptait relever les ruines d'un ancien restaurant, construit à l'imitation du Trianon de Versailles, quand il sentit le léger choc et qu'il vit passer l'hélicoptère au ras de l'eau : il eut juste le temps de sortir sur le pont pour voir l'engin, qui lui fit penser à une énorme cerise rouge, tomber dans la piscine.

Sa première réaction fut de chercher son portable, pour prévenir la chaîne qu'un impondérable venait de survenir. Mais en quelques secondes, tout le pont arrière, recouvert de kérosène, s'enflamma, et Sébastien s'empara du premier extincteur qu'il trouva et fonça vers le feu. Il vit distinctement, à travers les flammes, sur le bord opposé, un cameraman lever sa caméra et commencer à filmer : il courut vers lui et lui arracha l'appareil qu'il jeta à la mer avant de lui confier son extincteur et de se précipiter, côté tribord, dans la coursive qui menait à sa cabine.

Sébastien remarqua l'angle de plus en plus marqué du couloir, et la présence d'eau à ses pieds.

La première chose qu'il vit, en entrant dans la pièce, c'était une sorte d'objet oblong, blanchâtre et anamorphosé, qui traversait, en diagonale, l'écran géant ; il mit un instant à reconnaître un morceau de la pale de l'hélicoptère, un instant pendant lequel il s'étonna, malgré le son stridulant de l'alarme, de l'étrange silence de la pièce.

Un objet tomba alors du lit et roula lentement sur le sol, de façon hésitante. L'objet fit encore un quart de tour et Sébastien reconnut la tête tranchée d'Éléonore.

Il fit un pas en direction du lit. La pale était entrée par la fenêtre panoramique située derrière elle. Sébastien ressentit le besoin, pour comprendre sur quelle image de l'éternité s'était fixée l'âme d'Éléonore, de se retourner vers la télévision. L'écran en était noir, à l'exception, le long de la déchirure que lui avait faite la pale, d'une cicatrice violacée d'où partaient, rectilignes et indifférents, de minces fils de lumière verts et rouges. Posant enfin un genou sur le matelas, Sébastien fit ployer le corps d'Éléonore, qui retomba vers l'avant – il entraperçut alors, avec horreur, le disque de son cou.

Alors seulement Sébastien réalisa qu'elle était morte, qu'il ne s'en remettrait jamais et que sa vie était terminée ; alors commença l'insupportable souffrance. Il s'allongea en travers du lit sur son corps mutilé et il attendit, pendant ce qui lui sembla un temps atrocement long, que le bateau soit englouti – et il aspirait l'air, entre deux cris, aussi longuement qu'il pouvait, en espérant que viennent enfin les larmes de la mer.

C'est le capitaine qui le retrouva là : on évacuait le bateau. Avait-il hésité à lui sauver la vie ? Le protocole, déclara-t-il, ne souffrait pas d'exception. Sébastien se retrouva dans la coursive, entouré des Parisiens en maillot de bain, qui couraient vers le canot de sauvetage. L'un des deux triangles du soutien-gorge de Laure avait sauté, dévoilant son sein gauche, tandis que Kevin, paniqué, passait et repassait sa main sur les volumes compliqués de ses abdominaux, en regardant Béatrice et son compagnon Michael, les deux Provençaux survivants, se caresser les cheveux, front contre front, pour se réconforter, comme si les caméras filmaient encore.

Sébastien se laissa entraîner jusqu'au radeau gonflable, et fut assis là, à côté de Laure, qui remit son triangle par décence, après avoir entendu, d'un matelot, le drame qui l'avait frappé. Elle lui sourit avec maladresse, et il ressentit un premier soulagement à l'idée que les émotions de la candidate – malgré toutes les fois où elle les avait surjouées à l'intention du cadreur, et plus encore du monteur qui ralentirait l'image et qui en démultiplierait l'expression la plus caractéristique dans quantité d'inserts – avaient gardé quelque chose de réel.

Il fut de même rassuré par la persistance, malgré l'immensité de son malheur, d'éléments grotesques et touchants dans la scène, comme quand Béatrice enleva délicatement de la bouche de Michael le sifflet sur lequel il tentait de retrouver un célèbre air de samba, en lui désignant discrètement la présence du producteur. Le jeune homme baissa les yeux en marmonnant des excuses.

Le silence se fit. Kevin prit un air viril et regarda fixement l'horizon ; Laure posa sa tête sur son épaule. Béatrice se blottit sur les genoux de Michael. Le cameraman survivant regretta d'avoir perdu sa caméra.

Ils dérivèrent ainsi une heure immobile, avant d'être recueillis par des garde-côtes. L'ambassadeur, rapidement informé, avait fait le déplacement. Sébastien répondit aux questions de la police. Le naufrage du bateau avait été rapide, l'eau s'étant rapidement engouffrée par les déchirures qu'y avaient pratiquées les pales, juste audessus de la ligne de flottaison. C'était, par chance, un endroit de hauts-fonds, et une équipe de plongeurs était déjà à l'œuvre.

Sébastien fut mis, à la demande de l'ambassadeur, sous un puissant somnifère et il passa presque trois jours à dormir sans interruption. On le conduisit, à son réveil et le matin de son vol retour vers Nice, à la morgue d'Athènes, où on avait aligné les dix housses mortuaires : les cinq occupants de l'hélicoptère, les deux Parisiens qui s'ébattaient dans la piscine, et qui s'étaient retrouvés broyés sous l'appareil, un monteur et un ingénieur du son restés prisonniers de leur cabine-studio, et enfin celui de sa femme, qu'on avait laissée entrouverte à son intention.

Éléonore n'avait jamais été aussi belle.

Ironie atroce, le légiste avait inversé ses cheveux avec ceux d'une des Provençales. Il fallut demander qu'on répare la grotesque méprise. Sébastien se souvint, alors qu'on le faisait attendre le temps de l'opération, de ce qu'elle lui avait raconté sur l'étrange façon qu'elle avait, enfant, de jouer avec ses Playmobil : elle en détachait systématiquement les cheveux, et avait un jour expliqué à sa mère, inquiète, alors que celle-ci avait retrouvé les figurines aux crânes évidés dans une boîte, et les cheveux dans une autre, que c'était par les cheveux qu'elle les individualisait, que leur corps n'était rien d'autre qu'un vêtement éphémère, car leur vraie personnalité était là, dans ces petites unités détachables. Charmée, sa mère avait alors voulu lui expliquer le concept d'âme, mais elle n'avait pas réussi à trouver les mots.

— Ne t'inquiète pas, maman, lui avait-elle expliqué : je sais très bien ce que c'est. C'est ce qu'on a dans la tête, c'est ce qu'on a aussi qui n'est pas dans la tête, et qui ne peut pas mourir.

En y repensant soudain il éclata en larmes, comme il n'avait pas pleuré depuis le bateau. Mais ce n'était pas, cette fois, des larmes de désespoir, c'était des larmes de gratitude, pour Éléonore, qui avait tenu à ce qu'ils se marient religieusement. Et il sut à cet instant qu'il la reverrait.

David et Anne-Sophie l'accueillirent à l'aéroport.

Les dernières photos de lui datent de cet instant : des dizaines de photographes l'attendaient également. Son visage, derrière la vitre d'une voiture, fit la couverture de *Paris Match* : on s'étonnait de ce qu'il ait l'air aussi juvénile malgré la tragédie qui l'avait frappé.

Le Tout-Paris médiatique, comme celui des affaires et de la politique, fut présent aux funérailles, en l'église Saint-Philippe-du-Roule où le père Mathieu officiait désormais. Son oraison funèbre insista sur la grâce que Dieu avait par le baptême octroyée aux défunts : la grâce comme don absolu, celui d'une liberté qui échapperait même à son omniscience. La liberté de la grâce comme risque suprême – au sens moral autant que cosmologique : les infinis pascaliens du ciel, avec la grâce, étaient rentrés dans la main des humains. Le monde qui l'avait tuée, Éléonore l'avait possédé dans sa poche, comme une simple pièce de petite monnaie. Une pièce qu'elle pourrait bientôt ressortir et faire briller à sa guise, en participant de l'esprit de Dieu, qui voyait toutes les choses en transparence. Et c'était cela, qu'on appelait le Ciel.

Sébastien entendit ces mots.

La mort d'une jeune femme, d'une créature aussi belle, reprit le prêtre, ne peut se produire dans ce monde, mais exige un monde plus vaste pour se déployer dans son horreur immense – et dans sa justification, plus horrible encore, pour celui qui ne croit pas, mais que celui qui croit saura apercevoir : car toute mort est un triomphe de la vie dans l'autre monde. La foule fut choquée de cet optimisme un peu hors de propos, mais Sébastien, seul, hocha la tête en souriant doucement.

On se trompe, termina le prêtre, en faisant de la vie après la mort une stase inerte et contemplative : c'est bien plutôt la vie déployée entière selon toutes les composantes de la moralité.

Le corps fut ensuite conduit au cimetière de Vaugirard, où étaient enterrés le frère et les parents d'Éléonore. Les funérailles des Parisiens, du pilote et des techniciens furent célébrées en même temps à Montreuil, et celles des deux Provençaux à la cathédrale de la Major.

On épargna un nouvel interrogatoire à Sébastien, et l'instruction se contenta d'un témoignage écrit de sa part, avant que le procès n'aboutisse à la condamnation de Sud Production, et au versement d'indemnités aux familles des victimes : ce fut le plus singulier des mouvements comptables qu'enregistra Sébastien, quand il dut ainsi se verser plusieurs millions à lui-même – charges exceptionnelles diverses, compte *6712, pénalités, amendes fiscales et pénales.*

Étude de cas : la mort.

David mit toutes ses villas à la disposition de son ami – Marrakech, Saint-Barth, la Corse ou le Cap-Ferret –, Anne-Sophie était prête à l'accueillir dans son château, ses parents proposèrent, enfin, de le ramener avec eux dans la vallée. Mais Sébastien suivit le conseil du père Mathieu, qui lui parla, après les funérailles, d'une retraite monastique dans une vallée normande aux pentes moins abruptes.

Dès le lendemain, il entra le nom de la localité dans son GPS, et il roula jusqu'à là-bas – il eut l'impression, en entendant crisser ses pneus sur le petit parking, de se réveiller d'un long sommeil, ou d'avoir été transporté par magie jusqu'ici. Il poussa la porte en bois, sous une petite voûte ogivale qui signalait, seule, la présence d'un édifice religieux à côté des maisons jumelées en silex et en brique : c'était une abbaye bénédictine.

Sébastien ne revit plus jamais le monde.

Son parcours spirituel, en l'absence de tout document de sa main, et du silence qu'il a exigé de ses proches, demeure mystérieux.

Il devint oblat, puis prononça ses vœux. On le vit successivement chez les trappistes de Soligny, chez les chartreux de l'Isère, chez les cisterciens des îles de Lérins. On dit aussi qu'il voyagea, qu'il finança des missions, qu'il restaura des églises, et qu'il fut reçu, plusieurs fois, par le pape. On l'aperçut aussi, un hiver, dans la Drôme, sur les rebords du synclinal perché de la forêt de Saou, dans un petit ermitage de pierre difficilement accessible : les rares randonneurs qui l'avaient alors aperçu témoignèrent de sa profonde piété.

On annonça enfin, presque dix ans après sa renonciation au monde, qu'il allait construire un monastère, là-bas, dans la forêt en contrebas, un lieu totalement isolé, à l'exception de deux passes qui accueilleraient l'une l'hôtellerie des pèlerins, l'autre le cellier. L'architecture des bâtiments avait été confiée à des architectes qui prônaient un minimalisme éclairé : une sorte de cage de béton brut, posée sur pilotis, dans les rainures des poteaux de laquelle ils avaient fait coulisser des plaques de polycarbonate alvéolaires – comme une immense maison de verre, derrière laquelle passaient parfois des ombres solennelles.

La nature de cet ordre monastique resta indéterminable, et on s'interrogea même sur sa possible nouveauté.

On disait aussi, chose effrayante, qu'il avait gardé avec lui, dans sa cellule, la tête momifiée d'Éléonore.

Mais il fut impossible de ne pas ironiser quand on découvrit que le monastère accueillait Loana parmi ses premières pénitentes – « Loana rappelée par la prod », titra *Libération* –, et une rumeur insistante affirmait que le petit ermitage, sur la crête, cachait une régie, et que Sébastien aurait bluffé la terre entière en préparant la plus grande téléréalité de tous les temps.

Il est vrai qu'il était resté l'actionnaire principal de la plus grosse société de production télé du globe – et on en a fait, parfois, le trésorier occulte de l'Église. On a aussi pu voir en lui le nouveau responsable de la communication du Vatican – ce fut Philippe qui lança cette rumeur, en déclarant que son œuvre télévisuelle passée était comparable aux tableaux d'autels géants de Rubens, et que la téléréalité avait bien eu quelque chose de profondément baroque.

Mais c'est David qui résuma le mieux la chose, dans un de ses sketchs : « Moi je veux bien que la vie soit une téléréalité, si la victoire, c'est la vie éternelle. »

Composition : Nord Compo
Achevé d'imprimer
par CPI Firmin-Didot
à Mesnil-sur-l'Estrée, en février 2021
Dépôt légal : février 2021
Numéro d'imprimeur : 162548

ISBN : 978-2-07-290299-4/Imprimé en France

369146